夢迴香江

夢迴香江

沈西城 著

序

《蘋果日報》停刊後，我失掉地盤，沒有其他人來請寫文章，我也沒興趣在電腦上寫，自吹自擂，要讀者上繳，這就停了好一段時間。偏巧這時，電影《梅艷芳》出現了，敘述梅艷芳的過往，都是耳熟能詳的故事，新意厥如，我熱血、衝動，想寫一些她較罕有的片段。投哪裏去好呢？想到邱立本兄，每趟發佈會他都來支持，並勸我做小說，不妨敲他主編的《亞洲週刊》的門吧！文章很快就給刊了出來。興趣頓起，便問：「可否一個月寫一篇？」答案是：「好極，要寫每週一篇，如何？」敢情好！寫什麼？「當然是兄的老本行——香港舊事！欄名《香港倒後鏡》。」源流長遠，昔日香港，續現心頭，龍飛鳳舞，天馬行空，瘋了一樣，想到哪寫到哪，文化、電影、歌曲……胡扯一通，可幸沒害讀者雙眼，他們原諒了我的任性、狂亂。轉眼一年，結集了五十餘篇蕪文，披沙淘金，增添刪削，勻出三十餘篇，便是《夢迴香江》，希望大家喜歡，不喜歡？不打緊，把它扔進攔捶桶好了！

壬寅年暮　西城序於天澄海樓

目錄

依達寫出青春夢幻

少男情懷總是詩，十五六歲，情竇初開，對愛情有了憧憬，有了愛慕。鄰家小妹生而韶秀，佻達輕盈，忍不住每天偷偷看，悄悄望，一日不瞧，如隔三秋，如此下去，如何得了？為抑奔騰情緒，四出尋找代替品，一眼相中依達愛情小說，第一本《蒙妮坦日記》，日看夜看，終於移情蒙妮坦，小妹哩，忘得一乾二淨，誰說情關闖不過？瞎講！繼而《垂死天鵝》，為書中女角暗自垂淚不已，從此被依達俘虜。

六十年代末，依達紅火，小說不獨迷倒千萬少女，也感染咱們一班少男的心，學懂修飾儀容，穿著趨時，在派對中標奇立異，追狩獵物。小說還教懂咱們不少時髦玩意：戴甚麼牌子手錶、穿甚麼歐西新潮服、到何處喝咖啡、開甚麼汽車……依達已成心中的神。看過他一個短篇，慾火焚身的男人跑上公寓召妓，卻被妓女可憐的遭遇感動，扔下鈔票，頭也不回地跑了。慾念昇華，人性本善，予我印象難忘，小說實已脫離流行小說框框，步入文學殿堂。依達成名後，不少小說拍成電影，最喜歡《儂本多情》、《藍色酒店》、《垂死天鵝》和《漁港恩仇》，後者更是依達絕無僅有的鄉土小說。

不知何年何月何日，八十年代初吧？朋友帶我去淺水灣探訪一個叫菲列沙里奧的洋人，別墅雅緻，綠蔭匝地，美酒佳餚，雪茄果品，川流奉上，殷勤備至。捧著白蘭地酒杯，走向不遠處衣著入時的翩翩紳士：「依達先生，你好！」我遞上名片套近乎。話匣子打開，熱情友善，禮貌週週。從外表看，不像作家，酷似明星。沒說錯，依達後來真的步上銀幕，演對手戲的正是影迷王子謝賢。謝賢八十老來嬌，《殺出個黃昏》已拿了一個影帝，第二個影帝正等著他（結果如願以償）。曲終人散，主人家餽贈禮物，我得金筆一桿，依達得菲列沙里奧手腕表一塊。天階夜色涼如水，握手互道說珍重。

一九八二年，我當上《翡翠周刊》總編輯，向依達索稿，爽快答允。有時到了「死線」，稿仍未至，只好上門取。其時，依達住在太古城春櫻閣，我直奔上樓，通常是半開大門，將稿子塞出，並說：「沈西城，急就章，不好的話，可以不用。」一聲婉態懇，這便是依達。偶然也會在宴會上碰面，多偕簡八哥（香港作家簡而清）同來，兩人一對活寶，相互調笑，樂在其中。八哥去後，星沉影寂，近幾年更是不知所終。朋友談起依達說：「就像風箏斷了線，不知飛了去哪兒？」有人接口：「說不定去找蒙妮坦呢！」眾人大笑。到底去了哪裏？傳聞愈來愈多，有人說他移居中山，也有說是在東莞經營傢俬生意，真假難辨。心雖繫之，苦無法子，唉！一籌莫展。

二〇一九年七月，偶看臉書，有人提及以往曾跟依達旅遊，心念一動，試發一則通訊息給依達，幾日後，竟獲覆身在珠海，並附微信號碼，我們遂可互通聞問了。接下來，我們每天發信息，他送我網上各樣奇花異卉，其中一則說：「百合花，遠在四世紀，人們已將此花用作食用或藥用。南北朝時代，梁宣帝愛其超凡脱俗，而成為欣賞花。中國婚禮常用百合花，取其『百年好合』之意。」自二〇一九年至今，每天送我花一簇，大可輯之為書曰《繁花》。

十六歲出道作即拍電影

依達十六歲時，向環球出版社投稿《小情人》，書久未出，原來已轉送邵氏拍電影，誰有此眼光？海派作家、我的老大哥方龍驤是也。依達夫子自道：「第一部書是每天做完功課，一天寫一點完成的。環球的方龍驤取錄我的小說，久久未出版。原來他介紹給陶秦拍成《儂本多情》。書出版時，戲已在拍。也算是我的幸運吧！」依達感恩：「所以他是我的恩人兼老師。他的確指點我寫作技巧，教我寫小說橋段要有化的技巧。我一直叫他方叔叔。」可方叔叔已在二〇〇七年五月五日因心臟病遽歸道山，依達不知道，告訴他，黯然神傷。《儂本多情》攝於一九六一年，陣容鼎盛，女主角四川杜鵑、男主湖北張沖、上海喬莊皆作古。六十年輪流轉，故人怕已輪迴，只是身影、臉容仍在我輩老影迷心中。

二〇〇二年移居珠海，棲住臨河大道，每日賞花、旅遊，四處覓食，逍遙寫意。他說：「一直就喜歡珠海的海闊天空……享受這兒的清靜和無人認識我的自在，找到自己最喜歡的樓宇，買下了，就一直退隱到現在。」我一向喜歡尋根問底，問為何叫依達？他打哈哈笑：「這還不簡單，我自小喜歡意大利歌劇，最愛《雅依達》，自取筆名時，去掉『雅』，即成『依達』！」唉！依達兄，知你者是我，一萬個放心，小弟絕不會打擾你的清靜，此刻濁世清靜難求！

六、七十年代依達是紅透半邊天的作家，小說銷量第一，比金庸還厲害，也大抵只有倪匡可與之比，可讀者層面不同，倪匡男性讀者多，依達則迷倒一眾在校少女，心裏都盼著有一個依達筆下那樣的白馬王子闖進生活圈，長印心扉。男人喜歡冒險刺激，女人追求浪漫沉醉。那年代女性抬頭，依達讀者比倪匡更多，不足為奇。我跟依達很有緣，同姓葉又是上海老鄉，不知底蘊者，常以為他是我哥哥。環球創辦人羅斌的太太何麗荔女士第一眼見到我，滿臉驚訝：「你真像依達。（那敢情好，可以冒充了）」連老廣東羅斌也同意：「是有點像，只是沈先生的廣東話較為標準點。」依達的廣東話很地道，只是聽來，還帶點兒上海腔調。

說起冒充，倒想起一件舊事，二十來歲，流連舞榭歌台，認識了一位舞小姐，自稱葉姓曰影霞，英文名 Nancy，知我好寫文章，問我可識依達否？還用說，鼎鼎大名，如雷貫耳。小姐喜道：「湯美（我的洋名，取自依達名著《別哭，湯美！》），你交運了，我可以介紹你認識。」我喜不自勝，小姐往下說：「他是我哥哥呢！」依達姓葉，小姐同姓葉，沒好懷疑的，可她廣東話非常標準，聽不出有丁點兒上海口音。小姐知我起了疑心，柳眉緊蹙，低低地說：「我生在香港！」喔！那就解釋了一切！往後，我纏著她去找依達，顧左言他，太極推手直追吳公儀。我無心再糾纏，後來小姐忽地失蹤了，人海茫茫哪兒尋？過了若干年，巧遇依達，問起這件事，他呀一聲：「這個壞女人一天到晚冒充我妹妹，沈西城，儂（你）要當心，她偷東西的。我是有一個妹妹，但絕不是她！」俊臉露出罕見的生氣神色。原來小姐跟依達只是普通朋友，一次家來，順手牽羊，捲去依達珍藏。依達心眼兒好，提醒我。唉！我哪有東西可給她偷，偷我的心吧！小姐可不要哪！

近幾年，每日跟依達通微信，他每天送我花，我回謅幾句寄意。依達原名葉敏爾，一九五八年來港，年齡守秘，約莫長我一、二歲。他自述云——「我在香港香島先念中文（香島，當時左派學校），後來想學好英文，才轉去新法。我在上海出世，我們住在法租界霞飛路。現在好像叫淮海路吧！我有一姊，另有一妹。我是獨子，從小叫我二老官，可惜沒有做官命。父親七十多歲走了，母親今年一百零四歲，能吃能睡，她一直住澳門，母親毫無病痛，醫生一直笑她虛報年齡。」上海女人多長壽，我母親今年九十七歲，記性略差外，健康誇啦啦。

依達小說緣何流行至廣？拙著《香港名作家韻事》裏面，有這樣的一段話——「依達的小說最成功的便是能令青年男女有一種代入感。青年男女在現實社會中，無法滿足自己慾望，只好藉住依達小說來滿足。男的幻想自己俊俏風流，女的想像自己青春美麗，於是各得其所，樂也悠悠。依達的小說有一大特點，筆法精簡，中學生的文化程度，不會太高，依達那種短句式寫法，最適合他們的脾胃，讀來不吃力，便會有興趣看下去，於是一本一本的讀，令依達每天都要伏在寫字枱上，手不停揮。日本文壇有所謂作家明星，香港之有『男作家明星』，始自依達，為讀者回信、寄照片、簽名，而且還上電視台亮相，接受訪問，曝光猛猛。」

依達還能歌擅演

依達運氣好，畢業即成職業作家，記憶中似乎未做過別的行業。喲，老昏了！不是拍過電影嗎？他曾傳我一幀劇照，是在《早晨再見》飾演畫家、對著畫板，瀟灑脫俗，十足畫家範兒。電影以外，也當過歌星，師從許佩女士，跟「國聯」女星萬儀組情侶合唱團，一柔一媚，四出登台，賺坡幣、攫美金，好不快活逍遙。問起萬儀，依達回覆：「萬儀以前是台灣

『國聯』（李翰祥旗下）明星、《北極風情畫》女主角。登台時，她一直是我搭檔，我們去過東南亞各地和澳洲登台，萬儀已在澳洲因肺癌去世。」不止此也，依達還上天橋走貓步，薪酬以每小時計，收入遠超稿酬。不知何年何月，拍了一輯艷照，袒裼裸裎，意態撩人，衛道之士斥責，聲勢洶洶，秉承知堂老人意旨——「一談便俗」，不予辯解，四兩撥千斤，上海依達是也。

依達名作《蒙妮坦日記》

當年西方影壇美男子

中國古代三大美男，潘安、宋玉、衛玠，風流浮浪，語言甜淨，所到處，身後總跟著一大堆民女，指指點點，竊竊私議，潘安尤是出眾，所乘車輿，民女追逐不停，舉纖手，將手中水果拋上，擲果盈車，傳為美談。自來潘安成美男之首，《金瓶梅》中所誦說的潘、驢、鄧、小、閒，潘便指潘安而言，因知古時男人以俊貌為狩獵女性的先決條件。潘公子俊名流傳，所到處，美人痴纏，怨婦不捨，哪到底俊成個甚麼模樣兒？我們只能從舊籍中約略得知，古時沒照像，僅憑筆墨傳流，無疑管中窺豹，瞎子摸象，作不得準。只是一直以來，一說美男，必舉潘安，我們庸人惟有從俗，人云亦云耳。

現代科技發達，攝影技術可將樣貌全錄下來，按圖索驥，一覽無遺。

小時候看外國電影，人看女，我瞧男。四、五十年代，好萊塢、歐洲影壇，英俊男星多如過江鯽，各有其貌，各具其格，披沙淘金，挑出三位與諸君分享。先是羅拔泰萊（Robert Taylor），生於一九一一年，三十年代已成美高梅首席美男子，四〇年跟慧雲李拍《魂斷藍橋》，天作之合，乃成愛情電影經典，跟《北非諜影》齊名。《北非諜影》男主角是堪富利保加，女主角是英格烈褒曼。堪富利保加，浪子一名，卻能為真愛而犧牲。保加不是美男，褒曼亦非美人，流傳至今，主要是劇本寫得迴腸蕩氣，其精奇絕倫處，在於把戰亂間男女平常不過的婚外戀，昇華至一塵不染的愛情。《魂斷藍橋》男女角絕俊至艷，相伴銀幕，卿卿我我，纏綿悱惻，觀眾焉能不酡然欲醉？電影結尾，慧雲李撲向汽車自殺，天下觀眾皆流淚（我亦無例外）。

羅拔泰萊的俊源於個人魅力，一撇小鬚，兩眼微閉，散發無窮魅力，女人無從抵擋，男人為之心儀而忌妬。泰萊能古能今，《劫後英雄傳》，披上戰甲，英風颯颯，恍如盎格魯—撒克遜戰士復活；穿上西裝，風度翩翩，直似英國紳士。有網台選四、五十年代好萊塢十大美男，第一名居然是馬龍白蘭度，真是不知何所云乎哉！友曰：「東、西方選美標準不同，西方人看女星，喜歡闊面大口，於是蘇菲亞羅蘭、茱利亞羅拔絲等遂成男性偶像；品男星，不尚貌，重性格。」東方人以女人嘴大吃窮郎，顴高剋夫，宜乎玲瓏嬌俏，皙白嬌柔；男人則以風流倜儻，文采飛揚為最。東西審美標準相異，不能強求。年輕時，朋友們都迷泰萊，尤其是我，表哥占美．吳相貌酷似泰萊，有香港羅拔泰萊之名，西裝長褲下，女人繁多，獨鍾情於相貌平凡的表嫂，眾姝心兒片片碎。

羅拔泰來以外，若說俊的，還有同期來自澳洲的愛路扶連（Errol Flynn），彼為壞男人的典型，打架、酗酒，泡妞……壞事做盡。偏是萬人迷，三十年代，一齣《俠盜羅賓漢》，瘋魔女人萬萬千。不同於泰萊，用情不專，自詡曾經跟一萬女人有所關係。誇大乎？不得而知，惟數千則應有。愛路扶連一生放蕩不羈，曾因打架、跟未成年少女交媾而下獄，一生入牢四趟，是好萊塢男明星坐牢紀錄保持者。

六、七十年代，喜歡看法國新潮電影的朋友，無人不識阿倫狄龍（Alain Delon），《怒海沉屍》、《獨行殺手》、《江湖龍虎鬥》……看了又看仍回味。他當時已是法國首席美男子，朋友中有自詡英俊者，我們都會不客氣地向他拋上一句：「你比得上阿倫龍狄龍嗎？」阿倫狄龍生於一九三五年，今已八十七歲矣，白髮蒼蒼，滿面皺紋。二〇一九年八月中風得救，昔之英氣，消耗殆盡。如今成獨居老人，陪伴他的是數條愛犬。他說：「狗不像人，不會背叛，我寧可與狗為伴。」家居後花園有一墓地，下葬了三、四十隻狗，中間預留空地，便是阿倫狄龍為自己所設的墓穴。說阿倫狄龍俏，甚麼豐神俊朗，劍眉星目，已不適用於他身上。因而有人說：「阿倫一生最大的缺點就是長得太英俊。」他的俊，男女都無法頡頏，女人迷他，男人羨他，女人望他愛上自己，男人只望自家有他一半的俏。有女影評家說：「阿倫天生魔鬼臉孔，天使心靈，正邪兼具，人們喲！你們能抗拒他嗎？」我不能，女士們，你能嗎？

近日法國一代美男子阿倫狄龍居然宣稱要安樂死，舉行地點會是他寄籍之地——瑞士。他的大兒子安東尼狄龍證實了消息，表示願陪老父走過人生最後的旅程。人老衰，必離世，人生規律，美男也不好免，唯獨對阿龍狄龍將要離開，我難過得輾轉難眠。

巴黎初遇阿倫狄龍

一九七二年冬天，日暾初升，東京罕見下雪，我跟羅馬尼亞籍同學、浪漫的羅曼度在澀谷喫茶店吃早飯。飯後，準備去上課。窗外飄雪愈來愈大，店內暖氣不敷應用，咱感到冷，提不起興趣上學。女侍送來《文春週刊》，跨頁上，看到阿倫狄龍（Alain Delon）的彩照，忍不住誇道：「真乃天下美男子！」羅曼度點點頭，於是索性談阿倫狄龍，他的電影與情史，說過不休，晌午分手時，羅曼度忽地說：「葉桑，要不然，我們想辦法去法國碰他？」

日本去法國不近，我們是窮留學生呀！羅曼度說可向日本文部省申請經費，理據：「採風」。其時文部省大臣是福田赳夫，我們在留學生聚會上見過他。兩個人力量不夠大，就把德國同學賓特拽進去，湊成三人行。

這招奏效，不到一個月，文部省批下來了，我們決定第二年的五月出發。

五月中到巴黎，住進羅曼度法國朋友安排的小旅館，三個大男人擠一個狹小房間，友誼更進。翌日，我纏著羅曼度去看香榭麗舍大道露天咖啡座，初夏風輕，咱三漫行。大道兩旁植滿大樹，綠蔭匝地。走不到五分鐘，一道耀目光景躍進我眼，不遠處的露天咖啡座上，坐著一個男人，雪白襯衣，敞開胸，淺藍牛仔褲，稍摺起，赤足白皮鞋，鼻樑架墨鏡，正洋洋自得地抽著香煙。唷？不正是阿倫狄龍嗎？我撞了一下羅曼度，指著問：「你看，是否阿倫狄龍？」羅曼度叫起來：「正、正是他！」不理三七二十一，三個大男孩奔到狄龍先生面前。羅曼度俯著身子，嘰哩呱啦地說了一大堆法文，阿倫狄龍聽了，微笑地指著旁邊的空椅子，教我們坐下，並為我們叫了黑咖啡。當知道我們是日本留學生，興致來了，追問日本近況。我滔滔不絕，告訴他的電影在日本大受歡迎，他反應平淡，大抵已聽慣了恭維，不大放在心上。

阿倫狄龍，世界第一美男子唄，如何美法？近距離察看，得了體會。

他的輪廓深邃得像希臘天神的雕像，三百六十度大迴轉，竟然找不到一絲瑕疵。世界俊男不少，怕也只有美國的加利格蘭（Cary Grant）差堪跟他相比。希治閣（Alfred Hitchcock）説過：「拍加利格蘭的電影最容易，輪廓嘛，每個角度都是完美的。」確是肺腑之言。可仔細瞧，兩人還是有差別，加利翩翩紳士，禮貌週週；阿倫正邪兼備，深藍眸子，有著一抹看不清的抑鬱。打開話閘子，狄龍先生説他最不愛讀書，年幼時常逃課，轉了不少學校。問轉了多少間？他古惑地一笑，教我們猜。老實的賓特攤開一隻手掌，搖搖頭；羅曼度多添一隻，仍是搖頭。我舉起一足嚷著：「Fifteen?」「No, no, no! Seventeen!」咱三驚獃了！年少頑皮，也曾轉過幾間學校，想不到阿倫大哥比我厲害得多！能不服嗎？

阿倫狄龍那年大概三十多，英姿勃發，問起我年齡，告以二十五，他接口説：「那我大你十二歲！」原來他肖豬，跟我一樣，因而談得投契。他個性反叛，討厭繁文縟節，喜歡隨心所欲。羅曼度愛鬧，追問交過多少女友？他説很難講，可最愛的是茜茜公主——羅美雪妮黛。

雪妮黛與阿倫狄龍

這裏不妨岔一筆，羅美雪妮黛原籍奧地利，一九三八年出生於維也納，少阿倫狄龍三歲。四歲時，父母離異，心靈受創。雪妮黛自少醉心電影，在自己的日記寫道：「我無論如何都要當演員。」志比金堅，一九五五年拍了電影《茜茜公主》三部曲，嶄露頭角。三年後跟阿龍狄龍相識，合演《花月斷腸時》，在德、法兩國引起哄動。雪妮黛的高雅，狄龍的俊朗，俘虜了不少影迷的心，得了金童玉女的美譽。兩人很快墜入愛河，綣繾纏綿。一九六四年雪妮黛抵不住母親壓力，選擇分手。嗣後有過幾段戀情，心中所繫仍是狄龍俊俏臉龐。一九八二年五月，羅美雪妮黛逝於巴黎公寓，有人懷疑是自殺，死亡報告列明死因是心力衰竭。我們都聽過狄龍跟雪妮黛的羅曼史，相處六年仍要分手，太可惜了。羅曼度問：「是先生捨棄她嗎？」悲慼地搖搖頭：「不！她母親反對啊，我也沒辦法！」反對的理由呢？「只怪我太英俊！」惆悵、無奈。咱三還能説甚麼？英俊也是罪！

阿倫狄龍現年八十七，近日宣稱要安樂死，聽了，焉能不惻然！果真是一個深情的男人，每年雪妮黛生日、忌辰，狄龍都會往詣羅美香塚，一株白菊，盡訴衷情。如斯俊男，豈能稱作薄倖郎？一九七五年回港，念念不忘跟狄龍先生的邂逅，大專同學陳翹英為TVB策劃民初劇集，我們同時想起珠海書院共學時所看過阿倫狄龍的電影《江湖龍虎鬥》，翹英遂構思改編，把它搬上螢幕，便是日後轟動兩岸三地的《上海灘》。浪奔，浪流！淘盡千古人物，即便是咱們心儀的狄龍先生，不久將來，怕也會被浪濤捲去。

當年的阿倫狄龍

王羽泰山崩於前色不變

醫院困居六年，奮力拼搏，「獨臂大俠」王羽清明時節雨紛紛（四月五日），在台北去世，享年八十歲。

兩年前，朋友小姜出示王羽大哥近照，照中人身穿密綠格子病衣，雙腳直立，卻是搖搖欲墜，英氣盡失，哪有半點兒昔日大俠風采？六十年代，王羽拍張徹《獨臂刀》，一炮而紅，創下逾百萬票房紀錄，邵逸夫視之為活神仙，凡有動作功夫電影開拍，主角非彼莫屬。王羽練過空手道，打的是真功夫，架式卻是自由派，不依章法，是街頭格鬥的那一種，實戰性強，絕無花巧。武俠明星有真功夫的固然大不乏人，也有外行，不懂拳腳，拍戲時，循武指教導，揮拳踢腿，擺擺架子，卻也似模似樣，觀眾遂以為功夫非凡。這一派代表有梁家仁，看他在電影裏虎虎生風，威震四方，不是會家子是啥？嘿，拆穿了，還不如西城，至少能打半套工字伏虎拳，因而曾有某導演力慫我出演打手，唉，哪行，開玩笑！

王羽為人好打不平

王羽的電影教我留下深刻印象的是《渾身是膽》，其中一節戲，夜闖夜總會勇救美人李湘，一人力敵十數人，身手俐落，打得落花流水，雞飛狗走，精采絕倫。王羽在電影裏，在現實生活中，都很能打，他喜歡打架，愛打不平，有點俠義精神，略嫌過火。廣告天王菲烈謝告我有一回同王羽駕車出遊，不意跟前頭的一輛巴士輕微碰撞，王羽二話不說，下車衝前，將司機揪下來，餉以老拳。菲烈乃斯文人，給嚇得索索發抖。不僅此也，還跟咱們上海老大朱老三幹過一架。

誰是朱老三？講出名堂，嚇儂一跳。看官們，大抵都聽過杜月笙的名堂吧！朱老三就是他身邊保鏢。杜月笙貼身保鑣，其中把子以葉焯山為最穩，槍法尤見高明；高鑫寶高軀建骨，顧嘉棠臂壯拳粗，等閒十數人不能近其身。朱老三能當上杜月笙保鏢，本領不言可喻。因此朱老三在當年香港江湖上赫赫有名。可王羽偏要捋龍鬚，伺機要跟朱老三比劃比劃。結果如何？眾説紛紜，有説王羽KO朱老，亦有云王羽敗北，真相何如？要待幾十年後的一天下午，我跟影星陳惠敏喝酒，向他打聽，這才揭曉當年比武真相。惠敏啤酒下肚吐真言：「兩人都好功夫，打個平手。」哇！能跟三哥打成平手，這還得了？

七十年代，在駱克道上三哥開了一家上海飯店，某夜，月上中天，我適在飯店吃宵夜，親眼目睹三哥出手挫敗兩個醉酒流氓。真的不長眼，敢在三哥地盤上鬧事，太歲頭上動土，找死！侍者上前做好做歹地勸止，叵耐不訥，聲大夾粗：「幹你甚麼事，老子喜歡，誰敢干預，哼！」三哥實在忍不住了，一個箭步上前，揪住其中流氓的胸口，大聲喝道：「觸那娘，再説一遍！」流氓雙手推三哥，好個三哥，半轉身繞到流氓背後，左手一揮，流氓整個身子平飛開去，撞翻好幾張枱子，枱上杯盤碗盞，左欹右側，相撞作聲。另一個流氓上來助拳，直搗三哥左胸，三哥斜身踢腿，一腳把流氓揣倒地上，雪雪呼痛，再也爬不起來。

惠敏跟王羽常出雙入對，惟對王羽膽識，卻不甚了了，直至一趟兩人結伴遊台北，才領教一二。某夜雨濛濛，惠敏跟王羽、演員鹿村等人到夜店消遣。正當杯酒狼藉，興高采烈之際，外邊傳來么喝聲，問經理，方知有兩幫人馬口角鬧事。王羽教經理把房門關上，繼續飲酒作樂。過了片刻，房門忽地被撞開，闖進十多個太保來，目露凶光，四下數視，見到王羽，其中一個平頂大塊頭朗聲問道：「王羽！你是否很能打？」邊問邊摸出口袋裏的手槍，揚了揚，重新插回袋中，迅即又拔出。王羽沒好氣地道：「這算啥路子的事？拔進拔出，有種，開槍呀！」

惠敏一瞧，暗暗叫苦，天呀！對方十幾人，手上都有傢伙，咱們六個人，只有他自己、王羽與鹿村能打，赤手空拳難擋架，要吃眼前虧了！惠敏虎眼緊盯著身邊高個子，手上正拋著手榴彈，一上一下，惠敏的心隨之一上一下地抖動。緊盯不休，只為萬一高個子拋出手榴彈，可伸手接住，順手抛掉。偷眼看王羽，但見神色自若，杯中酒骨碌地吞，盤中肉大口地咬，全然不當一回事。那大塊頭料不到王羽鎮定如斯，也不由得愕住。這時外面有人喊：「老大，對家有人到了！」大塊頭、高個子轉身走出房門，風暴消弭於無形，王羽泰山崩於前而不懼，真漢子也。王羽風流自賞女友多，兩度婚姻，「學生情人」林翠與漂亮空姐王凱貞，都是魅力四射。若論新派武俠電影，誰能忘記王羽大哥！

尤敏、寶田明結戲緣

二姊高聲喊：「尤敏姐姐來了！」她奮力向前擠，給女傭卿姐一把拉住：「二小姐，不要擠呀，小心跌倒！」我跟在二姊背後向前衝，這可把卿姐嚇壞了，萬一摔著我們姊弟倆，怎向少奶交待？時維一九六一年某個傍晚，地點在北角都城戲院大堂。前兩天，《星島日報》大幅廣告刊出，尤敏、寶田明主演的電影《香港之夜》，某晚會在都城戲院作首映，兩人隨片登台，戲院恰巧在我家斜對面。吃過晚飯，跟隨卿姐走過去。嘩！人山人海，別說立無隙地，連氣都抖不轉。等了一會，尤敏、寶田明聯袂而來，尤敏穿一襲素色連身裙，寶田明全身寶藍西裝。女孩子大呼「寶田明」，男孩子高喊「尤敏」，各自捧場，旗鼓相當。

尤敏，一對眼如秋水，兩彎眉畫遠山；寶田明昂藏六呎，腰板挺直，瀟灑非常，正是：英是罕有的英，俊是難得的俊。拖著尤敏的手，從大堂走至影院入口處，轉身向觀眾揮手，用國語說：「各位晚安，你們好，我是寶田明。」唷，會講國語，了不起！那時候我倆不知道寶田明幼時曾在滿洲過日子，到十二歲，方回日本，因而國語說得比在蘇浙公學念書的二姊更地道。尤敏秋波流轉，淺笑兮兮，輕聲說：「各位觀眾，你們好！」揮灑自若、輕柔如春日的風。怔怔望著，直到他倆背影漸遠，隱隱消失。呀，翩翩身影怎能忘！

尤敏是我小時偶像，香港人，我只見過一面，電影《星星、月亮、太陽》，她演出是星星，難忘的是《無語問蒼天》，演一個啞巴，明眸一睞水汪汪，勝過千言萬語，比《啞女情深》裏的王莫愁演得更好。粵籍明星在國語影壇吃得開，尤敏允為第一人，原名畢玉儀，乃粵劇名伶白玉堂之女，不承父業，另闢蹊徑，演國語電影，一雷天下聞。

回說寶田明，一九三四年四月生，今年三月十四日凌晨逝，死因是肺炎，老人怕肺炎，千真萬確。我的一位親友，近日亦因肺炎仙去。

一九五三年，高校畢業後，考入東京東寶第六期訓練班，畢業後即參與拍攝電影，一部《自由之鐘響了》，迅即紅起來。那年代，日本影壇上的男明星分三大派，剛猛正直，有三船敏郎；冷峻深沉，以仲代達矢為最；二枚目、玉面郎君自然是小林旭和寶田明。小林旭矯健瀟脫；寶田明玉樹臨風，惟二人亦有分別：小林旭軟中帶剛，兒女情長，拳來腳往，群魔咸服，尤其跟老對手賓戶錠的結尾決鬥，令人難忘。最後，落日餘暉，風吹草動，背上結他，走上斜坡，歌聲響起，漸漸去遠，到老不相忘。

寶田明俊朗，沾染脂粉氣，徘徊女人中間，柔腸寸斷。人紅鈔票多，心癢難熬，寶田明開啟夜遊之路，徜徉於銀座、六本木一帶。名氣加上俊臉，不少風塵女郎為他傾倒，風頭更盛於明治大文豪永井荷風。有日本影評人戲稱之為日本現代西門慶，確無過譽。

烏倦知還，三十二歲的寶田明跟兒島明子小姐牽手結婚。明子是日本第一位奪得環球小姐皇冠的美人，男才女貌，珠連璧合，初婚時，濃情蜜意，卿卿我我，羨煞旁人，有人不看好這段婚姻，問：情場浪子會否為一棵樹，放棄整座森林？眼光真準，不數年，即傳兩人離異，勞燕分飛，相逢如陌路。

寶田明為香港觀眾熟悉，始於拍攝東寶跟電懋合作的香港三部曲：《香港之夜》、《香港之星》和《香港、東京、夏威夷》，女主角均是尤敏，合演的有我老大哥林沖，其時出道不久，僅出任配角，不意得到香港女觀眾的熱愛。六十年代中期，林沖來港演唱，在尖沙咀海天登台，女士們蜂擁捧場，門口長龍，一望無盡頭，細細看，天哪！竟然無一男士。近日寶田明去世，我致電台北問林沖，寶田明是一個怎樣的人？林沖坦率：「這要分兩期來講，前期嘛，老實說，這位老哥很驕傲，不大理睬人，大明星唄，我只是小輩，沒在他眼裏，拍攝以外，沒甚互動。尤敏嘛，是一個十分好的姐姐，非常對我照顧——」頓了一頓：「後來我成了名，寶田明不時跟我聯絡，還常常主動打電話給我，在他心中，我已經跟他有相同的地位了。日本人就是這樣的，講究輩份和階級。」

寶田明去年擬組團赴台

去年，寶田明聯絡林沖，想要帶領他轄下的歌舞團來台灣演出，義不容辭，林沖四出走動，無奈新冠疫症肆虐，電視台經理人、老闆，個個搖頭，經濟低迷，誰有心思主辦音樂劇？寶田明有點失望。寶田明晚年，頗重他跟林沖的情義，林沖回憶錄出版，寶田明未能親臨支持，在東京拍了一段影片，展示了六十年代初，跟林沖拍攝《香港、東京、夏威夷》時在香港仔的外景照片，兩人風華正茂，如今，皆已八十七。寶田明去矣，留在我心目中的印象是一九六一年在《小早川家之秋》裏的演出，樸實、敦厚，若循此路線走去，也許不會是奶油明星。

我家買汽車了

六十二年前，我在北角麗池老房子的客堂間，雀躍地蹬著雙腳，拍著雙手，興奮地說：「哇噻！爸爸要買汽車了！」陪在我身邊的，還有二姊，拍著手，沒蹬腳，大姊長我四、五歲，沒蹬腳，也沒拍手，站在一角，嘴邊隱隱抹上一絲微笑。母親走過來，罵道：「喂，小鬼頭，不要再跳啦！樓下莊伯母快上來罵了！」腳蹬地板，咯咯有聲，傳到樓下，猶如雷轟，想到莊伯母平日待我好，給我吃巧克力，立馬住腳，小便宜不能不要呵！六十年代初，父親每日上班，都要擠電車。從北角，叮叮叮，一路來到銅鑼灣鵝頸橋，路程說長不長，說短也不短，許多時，車站擠滿上班的人，有白領、藍領，一大群，都不大講究禮貌，一見電車馳來，不管三七二十一，你推我撞，人人爭先。父親身胖吃虧，又加上有點兒英國紳士氣派，禮讓、禮讓，終致敬陪末座。忝為上海益新營造廠經理，遲到不礙事，可長此以往，終究不是事兒，牙齒一咬，敲鑓買車。

其時，市面上的汽車不少，美國的有道奇、雪佛蘭、福特、卡持力；英國的有喜臨門、柯士甸、積架；德國的有平治，可最受歡迎的汽車是福士大眾（Volkswagen），俗稱「甲甴車」（蟑螂車），車頭尖嘴如鉤，賣相奇特，年輕人尤喜之。富貴人家，不消說，自然選平治。日本車嘛，豐田、日產，不入流，人譏之為紙紮車，不耐用。父親是位Gentleman，屬意英國喜臨門、柯士甸。本來英國名車是積架，典雅大方，適合晚上參與宴會，價高耗油大，自為持家有道的母親反對，說：「太笨重，不靈活。」

母親是標準上海女人，重品味，用東西，要有Class，主張買意大利汽車，相中總部設於都靈的快意（FIAT），在香港不是熱門品牌，有車階級大多不屑一顧，只是母親偏愛它瀟灑精緻，別具特色，執意要進貨。父親哪拗得過愛妻，快意汽車遂成母親囊中物。到選顏色了，父親挑黑色，母親愛火紅。父親這次不退讓，說：「蘭芳，我是用來上班的，紅色太耀眼。」言下之意欠穩重，不配身份。我以為母親一定會跟父親抬槓，孰料，母親折騰一番，軟了下來，同意選購黑色。（唷，沒戲看了！）事後，偷偷告我：「是要給你爸爸一點面子，讓他骨頭輕一輕。」嘿！御夫之道，真灑家。過了兩個月，價值一萬五千元、車牌AA9976的快意運來我家，我家也添了快意。

有了汽車，問題勃起，汽車由誰來操控？父親、母親都不懂駕駛，大姊只有十六歲，未能考車牌，唯一的法子，就是僱用司機，由營造廠的副經理丁福明穿針引線，介紹了一位年輕司機陳天寶，長身挺立，蓄平頂頭，模樣頂實幹，父親一瞧喜歡，月薪二百。就這樣天寶哥來上班了，早上七時半等在樓下，父親吃完早飯，八時半下樓，坐快意上班，送完父親，天寶哥駕車回來，十時左右，載母親往銅鑼灣豪華戲院樓上的易通英專讀英語。一時許，再往迎回家。正是這時候，母親認識了同班的女同學龔如心，也就是日後名聞香江的小甜甜，都是上海人，特別投契。母親長十二歲，小甜甜叫她「阿姐」。這對上海姐妹花感情好得不得了，許多時，下課後，都會到新寧餐廳喝咖啡。天寶哥待母親吃喝完咖啡，就先送小甜甜回跑馬地家，然後打道回府。六點鐘，就趕往鵝頸橋駱克道接父親。七點左右，工作完畢下班。計時間，一日工作約十二小時，雖然長，但不大辛苦。

週末父親上半天班，中午時分回家午飯。下午無事可做，天寶哥等在樓下，我往往鑽進車廂，纏著天寶哥聊天。一直當司機的天寶哥，因為上手東家刻薄，憤而辭職，轉行走白牌（無牌載客營利），常搭載丁福明，見他老實可靠，向父親推薦。

那年，我年方十二，天寶哥大我十六年，廿八歲，年齡有差距，卻很談得來。某趟，我央他教我駕車，拗我不過，傳了一些基本技術於我，在樓下小路上把著我手，走了十來步，給女傭卿姐瞧見，通告母親。母親狠狠揍我一頓，順便就斥責了天寶哥幾句，天寶哥臉都漲紅了。

一別轉眼六十二年

眼看長用司機也不是辦法，父親一發狠，知命之年，跑去學駕駛。半年後，順利考得車牌，就用不著天寶哥了。天寶哥走的那天，向我說：「小弟弟，天寶哥今天就要走了，你要聽媽媽的話，好好努力讀書。希望我們日後再能見面。」嗓音有點兒嗚咽，握著我的手，微微發抖。我噙著淚，回應：「天寶哥，我們會見面嗎？」點著頭道：「人生何處不相逢，相逢未必在夢中！」也是說可能有一日，我們會在街頭相逢。晃眼六十二年，香港地小，從未遇過。天寶哥，你現在何處？倘若還在人世，已是九十老人，道左相值，還能招應否？

曾江的三個女人

四月二十七日，資深演員曾江自新加坡回香港，在九龍酒店隔離期間猝死，享年八十七歲。

四年前的某個夏日，我往尖沙咀參與老歌迷會聯誼午宴，跟二姊夏丹同席，身邊有一位身形豐腴的貴婦，穿紅戴綠，輒有濃濃的馬拉風味，二姊介紹說：「小弟，這位是張萊萊小姐！」六十年代的名歌星，《香格里拉》、《秋水伊人》，響遏行雲，直得銷魂宛轉之致。本是歡歡鬧鬧的場面，一提到妹妹藍娣（張萊娣），情況立變，先是神情激昂，繼而悲悒垂淚，數分鐘內，怨、怒、哀、恨盡現臉上。萊萊姊握住我左手腕，啜泣著：「弟弟呀！這個曾江真不是人，他害死了藍娣！他殺了我的妹妹！」聽了，乍一驚，是真？是假？謀殺呀，這還了得？張之洞的曾孫女，不會打誑吧？

二姊連連向我遞眼色，人家家事不好管呀！我只好婉轉勸慰，姊妹情深，相依為伴，姊姊哭紅鼻尖。

姊夫秦劍引介銀色奇緣

曾江、藍娣相識於六十年代初，兩人拍攝秦劍執導的《大馬戲團》，情愫漸生。藍娣自小好動，能歌善舞。在新加坡，加入沈常福大馬戲團，演出大受歡迎，未幾，升為台柱。曾江胞妹林翠，小兄三歲，《四千金》裏演三妹希棣，活潑跳脫，深受女學生所喜，雅號「學生情人」，嫁與恩師秦劍。彼天才橫溢，膺悲劇聖手美名，財入豐厚，惜乎豪賭馬場，盡罄興所有，欠下巨債，無法償還。逼於無奈開拍彩色電影《大馬戲團》以求翻身。卡士強勁，本擬用雙生謝賢、張揚，輔以雙旦林鳳、李媚。謝賢號稱「阿䁯」，大開大闔，那時正組織了七人銀色鼠隊，終日徜徉山水林中，哪有心思拍戲，婉拒師傅誠意。至於林鳳，玉體違和，只好客串。雁行折翼，如何是好？太座林翠推薦胞兄曾江。

曾江與藍娣的離合

曾江並非吳下阿蒙，早年已有演出經驗，五十年代中期，先後參與電影《同林鳥》、《那個不多情》的拍攝。秦劍樂得作順水人情，起用曾江為男主角之一。曾江率性，洋派作風，膽敢提條件：一是不收片酬，二要起用女友藍娣當女主角。秦劍以藍娣雖非絕色，勝在歌聲清遠，佚宕明艷，依人小鳥，一口答應。《大馬戲團》開鏡，兩人日夕見面，友情易為戀情，最後高奏結婚進行曲。時光荏苒，十年考驗，感情有變，仳離告終。娛樂記者阿爽（林爽兒）為影壇名宿林擒千金，光藝電影公司時代已認識曾江，Ken哥Ken哥叫得價響。曾、藍情變，她在電視台巧遇曾江，身負採訪之責，便問曾江：「Ken哥，你跟藍娣姐——」「姐」字還未斷，耳畔已響起粗言穢語問候娘親，嚇得阿爽手顛腳抖，不知所措，今仍具餘悸。

曾江性格難與人合

曾江，世家子弟，家境不俗，生於上海，畢業於美國柏克萊加州大學建築系，種種優越條件，造就了傲慢執拗、目空一切的性格，難與人合，不少人不敢跟他多接觸，免挨罵唄！近年，圈中每有紅白二事，邀他出席，都得勞煩德高望重的電影總會永遠會長吳思遠，等閒人士不會自討沒趣。吳思遠說：「曾江我很熟，是有點兒少爺脾氣，對我還算客氣。」跟藍娣離異後，迅即迎娶知名模特兒兼作家鄧拱璧女士，男才女貌，一對璧人。講外貌，當在伯仲，性情亦相近，人人都以為是美滿姻緣，豈料十年，禍起蕭牆，又是Sayounara（日語，解作再見之意）。

人生有多少個十年？曾江兩段婚姻都逃不過十年大限。人帥桃花多，遇上焦姣，蜜蜂逢花，一見定情，迎來第三段婚姻。好事者，有話題：不會是第三個十年吧？這回可大跌眼鏡，直到曾江今年四月二十七日西去，兩人依然相擁抱，相偎傍，花開並蒂蓮，十年魔咒，徹底打破。

台灣女人化鋼作繞指案

焦姣來自台灣，前夫黃宗迅是台灣影壇鐵漢，穿黑夾克，騎摩托車，飛馳公路，顧盼煒如，上得山多終遇虎，一九七六年遇交通意外身亡，焦姣肝腸寸斷，杜鵑淒啼。焦姣一九六七年拍《獨臂刀》，小蠻一角，嫻淑賢慧，創造了賢婦形象，深得影迷愛戴。曾江、焦姣兩人結婚，終打破十年魔咒，有人奇怪，其實有啥好奇怪，原因簡單，焦姣有台灣女性本質，出嫁從夫，一切從夫命，張美瑤如是、湯蘭花如是、冉肖玲如是，焦姣怎會例外？聲聲溫言，事事寬容，體貼入微，百鍊鋼亦化作繞指柔矣！加以曾江年事已高，銳氣漸耗，開始懂得體諒，退一步，海闊天空，婚姻關係得以穩固。

焦姣愛夫情切，曾江每出外景，總會叮囑工作人員：「阿Ken性急，你們包容一點！」過去在新加坡拍劇，曾跟工作人員起勃谿，曾江好為人師，橫批鼻子，豎挑眼，居然苛斥同行是笨蛋，引起杯葛。知夫莫若妻，只好要求工作人員體諒。今趟曾江猝死酒店疑點頗多，最為人不解者是緣何會獨自一人背囊遊獅城、大馬一個多月，焦姣竟不隨行。二人素恩愛，平日秤不離砣，砣不棄秤，確是教人摸不著頭腦。

曾江生前接受訪問談及生死說：「我不怕死，只怕最後生病十年，老伴會很慘。」求仁得仁，走得灑脫，曾江如意了！

藍娣與曾江的奇緣

古道斜陽，美人遲暮，藍娣種種遭遇，坎坷拂逆，慢慢聽我道來。

一九六九年藍娣委身下嫁曾江，以為可得幸福，初時，確是卿卿我我，甜甜蜜蜜，未幾，意見不合，吵鬧頻仍，銅頭碰鐵頭，互不相讓，終至禍起蕭牆，勞燕分飛。藍娣，清代名臣張之洞曾孫女，系出名門，性驕氣傲，小姐脾氣重，家道中落後，跟胞姊張萊萊相依為命，浪跡天涯，落戶南洋。姊妹倆皆擁音樂細胞，不獨歌好，舞亦妙曼。毋妨一看新華電影公司攝製的《依人小鳥》，藍娣、金峰領銜主演，牡丹好，仍需綠葉扶，張意虹、周曼華正是煥發的綠葉。片末，歌舞連場，絢麗璀璨，不遜後來的《龍翔鳳舞》。藍娣在電影裏，嗓似夜鶯，舞如飛鳳，盡展所長。

人的命運十分玄奧，按說藍娣既有此才能，大可紅遍五湖四海，幸運之神卻背她而去，星途不展，竟淪為半紅不黑的明星，藍娣心裏挖塞。反觀愛郎曾江轉戰粵語影圈，仗住範兒帥，嘴巴巧，搖身成為紅星。當年粵語電影有四大小生：謝賢、曾江、張英才、胡楓，曾江排名僅次謝賢。

曾江紅了，片酬大增。一九九六年，我任職環球出版社，社長羅斌喜與我談。和風細雨，或是陽光明媚的午間，我多會登上他的四樓辦公室聊天。一趟聊到「仙鶴港聯」，除了武俠電影，最膾炙人口的莫如倪匡原著改編的《女黑俠木蘭花》，曾江、雪妮、羅愛嫦主演。我好奇問社長：「謝賢這麼紅，為何你不找他演高翔呢？」羅斌仰天打哈哈：「沈先生，我問你一條問題，有兩位當紅小生，名氣大致不相伯仲，片酬差距很大，你是老闆，選哪一個？」「當然是片酬稍低的那個！」我毫不猶豫地回答。「哈哈，這就對了！」羅斌呷口茶：「實不相瞞，謝賢片酬一部兩萬，曾江八千。我請曾江，用個兩萬，大可以拍兩部半，沈先生，划算不划算？」羅斌沒錯，事實證明，曾江主演的《女黑俠木蘭花》，票房爆個滿堂紅。

妻子月落星沉，丈夫如日方中，距離漸遠，加以曾江拍電影時，頻傳緋聞，藍娣得悉何能忍？一九七九年，夫妻關係走至盡頭，協議離婚。藍娣結婚時廿八歲，離婚時卅八，七十年代，不若現在，「女人三十爛茶渣」（沒價值的剩女）。藍娣悲傷、哀怨，帶著獨子遷居加國。據說離婚時，曾江付了一筆贍養費，藍娣利用這筆錢，再加上多年積蓄，投資房產，收入不菲，生活無憂。夜闌人靜，良人遠去，斷腸人在天涯。後來結交一位男友，濃情蜜意，聊治情傷。一九九一年，藍娣接受雙腳大拇指削骨手術，感染細菌逝世，遺下一筆遺產，男友不肖，居然跟其子爭產，天可憐見，紅顏早逝，死不安寧。

一九七九年離婚後，曾江很快覓得第二春，對象是香港名模兼作家鄧拱璧，豐腴嬌媚，明艷照人，蜜蜂見花，焉能不採？郎有情，妾有意，好事便成。直是魔咒箍身，十年後，曾、鄧性格不合，又告仳離。不愧是情場猛將，不信結婚是戀愛的墳墓，數年後，他又走進婚姻殿堂，迎娶台灣美艷女星焦姣。焦姣本是藍娣閨蜜，一早認識曾江，並無甚麼印象，能鍾情於他，純然是昔日愛情的投影。丈夫黃宗迅亡故後，焦姣長住香港，從事配音，一日坐曾江摩托車往配音間，途中忽想起亡夫騎摩托車失事致死，一時感觸，淚下如雨，曾江善言安慰，遞上紙巾拭淚，情愫頓生，打破十年魔咒，長相廝守。

曾江二度離婚後，藍娣曾想重投他懷抱遭婉拒。男人薄倖變心，很難再回頭，正如老友黃霑拋了糟糠，轉投才女林燕妮，快樂一時，卻造成髮妻華娃一生的痛。黃、林之戀當年哄動全港，百分之九十的輿論暴斥林姑娘拆散人家庭，事實是否如此？不妨看看下面這兩件事：其一，黃霑得意忘形，竟在金庸宴席上，跪地向林燕妮求婚，聲言愛汝一萬年，此情永不變。有哪個女人能逃得過才子如此卑躬屈節的懇求？芳心大動：「I will！」遂造成畢生遺憾。二是華娃其時身懷六甲，黃霑忍心，不顧而去，黃、林兩人雙棲雙宿，只羨鴛鴦不羨仙，可憐棄妻，肝腸寸斷，以淚洗面，苦苦空守閨房。曾問二姊夏丹：「假定黃霑仍在人世，心有悔念，欲作烏倦知還之舉，胞妹華娃還會接受他嗎？」二姊不假思索地回答：「一定會，我這個傻妹妹現在心裏還有他。告訴你，黃霑死後，她還花錢為他打齋哪！唉！」媽呀！我的天，負心男人，怎會有如此癡情的老婆？

愛情無分對錯

我記得前輩說過這樣的話：「愛情中，沒有誰對誰錯。好的愛情，是兩人相攜手，相互支持，共同努力，創造幸福家庭，走到人生盡頭。」知易行難，能做到的，又有幾人？詩人方寬烈明白男女私情，曾有詩云：「聚久情易厭，別多情易變，曷如長相思，勝於長相見。」

紅顏藍娣

我認識的香港相師

七十年代中，我已踏足社會，當編輯、編劇，常有幸接觸各類術士，皆有相同特徵：樣貌清癯，仙風道骨，說話緩慢，充滿玄機。我運蹇多乖，諸事不順，朋友教我去算命。那時北角有名的術士有兩位，韋千里和徐聖泰，前者精子平斗數，後者瞎雙目，擅摸骨。說也奇怪，徐氏父子，一盲一瘸，正應了「天機多洩，必折福」之戒。

韋千里寓南方大廈，一個下雨天的早上，太陽睡熟了，賴床不起，陰陰涼涼，少少寒意，在一個百餘呎的房間，隔著一張長書桌，問命韋老。看過八字，便掐指算起來，不到廿分鐘，提起毛筆，寫下命紙（命紙早佚，謹記其概），謂我好言謾語，提點買個戒指，刻個「半」字，戴在右手無名指上，此可免多得罪人。另外說我陽壽逾七十，那時我正三十多，算算還有四十年，怕啥？也不放在心上，其他大多忘了。最後，韋老算我的職業是工程師或建築師，因對數字極敏感。一聽，懵了！平生最怕算術，班上成績排榜末，如當工程師，機器會壞，做建築家，樓層必塌，害人損己，咋行？知道韋老師算歪了，可鼎鼎大名的相士怎會錯呢？許多年後，遇到簡希堯老師，方知子平斗數講究用神，捉錯，全盤皆落索。那天陰翳，韋老精氣神不足，捉錯用神，不足為怪。

徐盛龍是我端正小學同學，帶著我去皇冠大廈探望老父徐聖泰，伸手在我身上摸摸敲敲，邊敲邊道：「你的骨骼清奇俊秀，不宜從商，乃一介文人！」這就準了，我的大半生都在跟文字打交道，酸氣侵身，跟工程師、建築師，相隔何止十萬八千里？以本事區分，徐在韋之上，可韋的名氣遠超於徐，因而體會到一個道理——「名氣不可盡信」，啟發我日後觀人察事。

我認識的相士當不止此數，九十年代初，我跟《南北極》老總王敬羲往詣油麻地名相士林川明，訪問畢，林大師為我算命，嚦哩拍啦打響算盤，稍頃，住手，口唸：「秋風起……」我一聽，興奮不已，接道：「三蛇肥！」林大師搖頭道：「非也非也，沈先生，是閻王請呀！」大難臨頭的皇帝不急，急了旁邊太監，王敬羲面色刷白，顫聲問：「可、可有解救之法？」林大師低著頭又算了一下：「要看造化，避得過，也許多十年。」牢牢緊記，到虛齡七十五歲，整年怵怵，很快就得跟這個世界訣別，捨不得呀！到底能逃過否？自也不必明言。

朋友當中，有名作家方龍驤君，獨擅八字，廿一世紀初某天，忽然蓄起鬍子來，詫而問之，答道「天機不可洩漏」。二〇〇七年，病故。始知欲避禍，惟天意難違，禍要來時無可擋。好友唐翥，人稱小唐、教主，中山人士，太公唐紹儀曾為民國總理，後為戴笠派人刺殺。小唐乃一代奇人，相術無師自通，自詡靈通，億則屢中，朋友奉為教主，曾斷梅艷芳年不過四十，又言漫畫天王黃玉郎有牢獄之災，更批香港前入境處處長梁銘彥之女有厄，一一應驗。一九九五年，我交了上海女友小黃，共飲宴，席間，目不轉瞬，女友往洗手間，即道：「小葉，此妹跟你不長久。」半信半疑，兩年後，卷席離我而去，奇準無比。眾友誇他，擺手說：「小道而已，不足為法。」後篤佛，不再談相。二〇〇七年新春，來電約晤於禮頓道「鳳城」酒家，席上有方龍驤、唐翥夫婦和我。飲宴間，小唐教夫人取照相機照像：「我們三兄弟留嘎紀念！」嗣後即稱辟穀而不出戶。同年五月上旬，小方兄心臟病仙逝，三年後，小唐亦隨之而去，兩人泉下論相矣！我遽然醒悟，小唐早知歸期。

金牌莊家詹培忠深信命運，曾聘汕頭大師南下講課，某年年廿八晚，相值於灣仔世紀酒店，談笑甚歡，詹老代我等三人問面相，樂而從之。先看《南北極》老闆王敬羲，道：「你為人狡猾、好色，非君子也！」王敬羲不服，與之辯：「我狡猾不如沈西城，好色——」指著我：「他更勝一籌。」大師回說是依相直說，並無虛言。轉身看我：「此君長相端正溫雅，大可交友。今日成就不如你王先生，他日必勝過之。」再看洪君，忽地打了個呵欠：「唉！今日我累了，下次再說吧！」越二日，大年初一，洪夫人離世。

天眼通千里睹物

奇人阿樂好研氣功，精相學，有天眼通，八十年代，台灣苗栗歌后楊倩來港登台演唱，阿樂同往捧場，歌畢，下台問相於阿樂。阿樂執則其玉手端視一會，微笑說：「楊小姐，你家中有一隻小花貓，對嗎？」楊倩點點頭：「是啊！」阿樂接下去：「小花貓躺在沙發上，沙發鋪有綠白相間的毛布……」還未說完，楊倩已呱呱大叫起來：「大哥，你怎曉得？」從小皮包中，取出一張照片——小貓睡在沙發上，墊著貓屁股的，正是綠白相間的毛布。在座諸人皆驚呆了。事後問阿樂，答道：「我開了天眼，千里以外可睹物。」以上諸友，多已去世，僅阿樂存活於世，雖同棲於港，見面時少，益添思念！

再談批命看相的相師

在〈我認識的香港相師〉一文刊出後，得讀者提示：「閣下怎麼忘了在日本為你批命的鄭大哥？」一言夢醒，咋的竟忘了不該忘的人？罪過罪過！七三年某個黃昏，我跟隨同學，跑到慶應大學飯堂蹭飯，座中有一青年，稍大於我數歲，平頂頭，不高不矮、不肥不瘦，不時逼著眼朝我打量，我臉上一陣灼熱。飯後欲要離開，他忽然說：「葉桑，有時間嗎？不妨到我的寮（宿舍）坐一會。」吃飯時談得頗投契，回去也沒事可做，就隨著進寮。六、七十呎的空間，一床、一桌、一櫃，簡單清潔。坐下呷啤酒，鄭大哥問：「小弟，你可批過命嗎？」回道：「我媽在生下我時，找了她和尚師傅，替我算過命，說我十分頑劣。」鄭大哥微笑一下問：「準不準？」哈哈，不準，我就不會來日本。何出此言？母親本是要我去美國讀書的，我搗蛋，偏要到東洋來，母親是仇日派，氣個半死。鄭大哥聽了，笑道：「好，你不介意，我替你批個命。」喜不自勝，立即奉上時辰八字。鄭大哥教我看電視，喝喝酒，自家坐回桌上，翻出曆書，埋首算起來。

大約過了十分鐘，鄭大哥正經八百地問：「小弟，你先要答我三個問題，準的話那就算下去。首先，葉非是你的本姓。」我點點頭。「請恕我冒犯，你母親曾改嫁。」（這跟對上一題，很有牽連呀！）我又點了一下頭說：「沒錯！」鄭大哥又說：「你還要過繼別人！」聞言大驚失色，準得無與倫比！我打小多病，母親怕我養不大，將我過繼給關帝老爺子。鄭大哥高興地道：「那就對了，你再坐一會，我往下算！」不知過了多少時候，鄭大哥開腔：「你結婚了？」哎唷，我正打算結呀！鄭大哥大搖其頭：「我勸你最好不要結，結了也是白結，你一生人，至少有三段婚姻，甚而有第四段！」馬拉羔子，我那時正在跟女友熱戀，恨不得對方廿四小時黏在身邊，今日結婚還嫌慢，又怎會離婚？鄭大哥知道我不大相信，沒說甚麼，歎了一口氣道：「你的一生嘛，段落分明，童年富足、青年浪蕩、中年平坦、晚年豐收。」鄭大哥所言，後來一一應驗。我敲頭，太粗心，當時不曾請教鄭大哥大名，只知道鄭家數代為相師。後來到了台灣，台南、台中、台北、台東跑個遍，都找不到鄭家神數，前緣難續。

九一年初，偕《南北極》社長王敬義，往訪油麻地名相士林川明，採訪過後，他賜我一批曰：「晚年運好，某年有厄。」跟著順口唱起：「秋風起，閻王請！」哎也也，不是《愛在深秋》，而是死在深秋呀！其時我方四十許，雄姿勃發，且來日方長，哪會怕！可到了某年某月，我竟日夕心怵怔忡，孟蘭、重陽至，更是心神恍惚，整天口唸六字明咒。蒙上蒼庇佑，輕舟渡過萬重山。

九二年中，偶遇掌相大家張碩人，上海人，長居泰國，一年總有兩趟來港會客，下榻油麻地彌敦酒店，並在《星島日報》刊廣告——「掌相名家張碩人抵港，下榻九龍彌敦酒店ＸＸ號房會客，特此敬告各新知舊雨。」老朋友王志堅引我跟張碩人品茗，半途，看我手掌：「你是一介文士，清風明月，貴氣貴氣——」忽地驚呼起來：「沈先生，勿要動氣，儂屋里（家中），其中一個長者明年勿妥當。」一聽，膽戰心驚。張碩人往下講：「你要有心理準備。」半信半疑，求求蒼天，勿靈好過靈！翌年八月，果如其言，父親在家中不幸心臟病發去世。多有人說張碩人斷相準，並非僅準於我，大作家女友曾女士央我帶往找張碩人，問及感情，張碩人瞄了一下素掌，道：「你的男朋友為大大的名人，你們愛得要生要死，卻是此情不長久。」黯然神傷，求消解法。張碩人勸說：「一切天意，隨心便是。」果不多時，大作家一聲不響，移居外國，情天長恨，曾女士夜來眼淚哭乾又何如？有一歡場女子知悉張碩人看掌厲害，登門求指點迷津問：「可否出國工作？」張碩人使她往南行，必有大運。積資往泰國，三年後歸，約我晚飯，並表謝意。再三年，直上雲霄，晉開封富婆。

讀《冰鑑》懂觀相

上述三家，鄭大哥五十年未見，張碩人、林川明早逝。如是者，香港豈非無高士？百步之內焉能無芳草，近日偶識九一老人簡熙堯，廣東古岡人士，通體骨骼清奇，雙目精光如刃。夜聚食館，得君一席話，勝讀十年相書。彼曾註奇書《冰鑑》，序文有云——「《冰鑑》七章，沒有作者姓名，也不知何時撰寫，它是一本曠世的相學奇書。它芟除諸家的繁冗，擷取百世的機要，提綱挈領，將相學的精華囊括殆盡；而且明暢有節，文辭雅麗……近年我藉著退休餘暇，將該書每一章每一句細心教正，註釋，並加入自己數十年研究心得及所見所聞，用最顯淺的文字敘述，不重舞文弄墨，但求閱讀易明。」回家，青燈一盞，濃茶一杯，誦讀《冰鑑》數遍，已可稍觀人之面相焉。

紅幫師傅手藝甲天下

上海灘有句老話——「聽戲要聽梅蘭芳，看球要看李惠堂，西裝要穿培羅蒙。」父親喜聽鬚生名伶馬連良；球不愛看，跟李惠堂無緣；穿西裝嘛，當然是培羅蒙。南下香港，身為營造公司的副總經理，常要應酬洋人、東洋人，穿挺骨西裝乃份內事，中環的培羅蒙是首選。父親公司在鵝頸橋，乘電車，五、六個站頭，坐的士，十分鐘到埗。跟培羅蒙老闆許達昌相識於上海，到店堂間做西裝，一邊度尺寸，一邊閒話家常，有一句話常說的：「啥辰光到大陸看看大世界！」彼此工作都忙，走不開，交通又遠隔，回大陸是拖延了，結果到死心願未遂。老闆一九九一年去世，越二年，父亦隨之去。嘗對母親笑言：「也許老闆正在天上，跟爸爸做西裝哩！」母親面孔一板：「小鬼，閒話勿亂講，四十幾歲，仍沒有個正經樣兒！」上海話後是京腔。

培羅蒙西裝風行全球，達官貴人、洋場闊少、外國明星、甚至東洋政商，都是老主顧，生意紅火。曾聽父親説要找許老闆量尺寸，其難有如登天蜀道。許老闆六十年代以後，已不作興替客人量身，生意交託徒弟戴祖貽（二〇二二年四月在日本去世，享年一百零二歲）代辦，腦筋活落，運剪如飛，手巧不下於師傅，甚或過之。

六十年代在培羅蒙，西裝起碼一千港幣，一般洋行經理月薪不外一千元，換言之，一套西裝一月工資，普通人家哪能做得起！我年輕不懂事，六十年代末，懇求父親帶我到培羅蒙做套西裝，父親猶豫，不依不饒的死纏，旨在小女友面前炫耀一番。母親知道，罵個半死，見多識廣的表哥教我去大丸買。大丸為銅鑼灣地標，在百德新街街口，地下有男裝部，專售東洋縫製西裝、飛機恤，名牌是Durban，要價五百左右，不算便宜，買不起，只好光顧深水埗的廣東師傅，西裝一套五十至九十元，穿上身蠻好看。縫有一襲豬肝色的西裝，配粉紅襯衫，結白底紅點領帶，同色袋巾，腳踏棗紅色皮鞋，油頭粉面，馬浪蕩，庶幾近矣，卻引來不少孽緣，沾沾自喜，到頭不外一場春夢。

紅幫人才輩出

父親後來不再去培羅蒙了，改請其他紅幫師傅，我家樓下有一家黑白時裝公司，老闆姓陳，縫製旗袍，技法超卓，是母親的御用裁縫。他的外甥小楊，擅做西裝，手藝精妙得體，就交由他代勞。上海紅幫裁縫多寧波奉化人士，祖師爺爺名叫張尚義，講究量、算、裁、縫等技術，這些技術經過多年概括，形成「四個功」、「九個勢」和「十六字標準」，徒弟要通過這些程序，方能滿師出門。學師艱苦，依然人才輩出，江良通、王才運、余元芳，各有盛名，小楊在上海，學藝余門，盡得真傳。南下香港、投奔舅父，人英俊瀟灑，口才便給，客人皆喜與彼打交道，手下女性顧客尤多，收入豐厚，惜乎嗜賭如命，跑馬、麻將、撲克……他拼命賭，拼命輸，誰也勸不來，結果欠下巨債未能還，走投無路，從北角皇冠大廈飛躍而下，奔赴黃泉，死時年僅三十餘。陳老闆悲慟莫名，一日跑來我家，對住母親，痛哭流涕。五十多年了，此景仍歷歷在目，因而我從不嗜賭，如今跑馬，也不外是幾百塊錢上落。

香港西裝，紅幫獨領風騷，粵派師傅，瞠乎其後。式樣嘛，分有單襟、孖襟、單叉、雙叉或無叉，端看顧客心意。西裝分春、夏二季，夏日炎炎，衣料以選取涼快、輕身為宜。最廉價的有白麻帆、白斜，層次較高有海防麻，屬粗麻，愈洗愈爽。還有山東綢和山東絹，蠶絲製品，穿上身，涼快。不少人看不起本地貨，崇洋心重，選用洋料子沙士堅，聽說由鯊魚皮製成（待考）。端是好料子，卻是熱焗苦人，稍一走動，通體濕濡。冬日西裝，非絨莫屬，分西衣絨、麻包絨、斜紋絨、格仔絨、法蘭絨，而以後者最為名貴時尚。

猶太富商嘉道理的趣聞

說起西裝，想起一個笑話。父親的老朋友賀理士．嘉道理，貴為半島酒店大老闆，穿著一向不大講究，大關刀西裝，衣襟皺巴巴，破絮不堪，父親看不過眼，要帶他去培羅蒙做西裝，搖頭拒絕，無已，只好帶許老闆往詣。許老闆打開衣料樣板簿子，首先推介Scabal英國頂級衣料，嘉道理問價，大皺眉頭。許老闆何等精靈，立揭別頁較次之料，搖頭如故，於是，三級、四級、到五級，仍然沉吟不語。許老闆納悶了，不知所措。嘉道理這時望向父親，遞個眼神。父親識趣，用寧波話向許老闆道：「賀理士是猶太人，你曉得的！」許老闆恍然大悟。「猶太」在上海話裏，就是「孤寒」（吝嗇）的意思。許老闆即時換上高級料子中，最低等的品牌，嘉道理笑逐顏開，問做多少套？舉起右手食指，說：「Only one suit! Thank you!」父親啞然失笑，他要嘛不做，一做，來回兩、三套，打開衣櫃，西裝逾五十套。五十多年了，往事如雲煙，提筆記故人，人亦渺！

馬迷雜憶——郭子猷與鄭棣池

父親好友上海名騎師陶柏林生前曾說：「策馬揚鞭，馳騁賽場，你追我趕，勝者為王。」由此可見賽馬志在刺激、贏錢。六四年，我方十四歲，在筲箕灣慈幼中學唸中二，同班同學鮑智賢君某日問我：「可喜歡看馬？」當然喜歡，程伯伯家中大廳掛有一幅駿馬圖，大師徐悲鴻所繪，一黑一白，佇身草原，四蹄盡展，雄風凜凜，望之不忍遽去。鮑君於是說：「那麼我們週末去看賽馬！」往哪兒去看？原來是跑馬地快活谷馬場，咱倆年輕，不能入場，只好留在球場草坪，憑欄觀賽。八、九匹馬參與角逐，出閘騁馳，至大石鼓，你爭我奪，各不相讓，攫取好位，迨入直路，馬蹄答答，迎面衝來。斯時，看台上馬迷，大力掄手，高聲吶喊，為自己所投注的馬匹打氣。倚欄看馬，有一好處，馬匹近在咫尺，看得真切，奔過時，只聽得鞭聲價響，馬兒嘶嘶鳴，轉眼奔終點去。勝負已分，有人快樂，有人愁。

忽地鮑君一把拉住我的手：「去去去，我們去收錢。」收錢？我一頭霧水。鮑君見我獃獃的，沒好氣，拉著我逕走到球場一角，一大群人圍了個圈，中間有一中年漢子，端坐矮凳上，面前張一條木几，上置一布袋，唸道：「不急，慢慢來，人人有錢收！」鮑君擠進圈裏，取出一張紙遞給漢子，説道：「老友，收錢！」取過一瞧，迅即撥動手上小算盤，滴滴得得「一共三十六元五角」，從几上布袋取錢給鮑君。

我看得吃驚不已，搞甚甚麼鬼？鮑君説這就是賭外圍，我們進不了場，便在這裏拼命，贏了，立即收錢，輸了，下一場再來。那豈不等同入馬場？有錢可收呀，大大吸引了我。於是就把每日母親給我的零用錢勻出一半，一到星期六，跟鮑君跑到跑馬地買外圍，有贏有輸，賭得不亦樂乎。偶爾，週末母親硬要我留家溫習去不成，早上便提早上學，先在西灣河下車，橫過馬路，跑進警署隔鄰的三益紙紮鋪。後堂天井，擺好一張木枱，上面放一本厚厚拍紙簿，揭起一頁，塞入藍靛紙墊底翻下，在上頁白紙寫好投注馬匹名稱、場次、投注方式，撕下面頁保存，即大功告成。有一回投注四串一位置過關，五元一注，贏了三百餘元，馬名迄今仍留我腦海裏，那是「奔路、馬雷達、海上霸王、鐵木真」，喜不自勝，自此成為標準馬迷。

郭子猷是中日混血

六十年代，最紅的騎師是郭子猷，二八年生於日本神戶，父親廣東人，母親日本人，中日混血兒，騎馬有天份，十三歲即出道，不久便成為家喻戶曉的名騎師。郭子猷初時拼勁十足，被譽為大熱門保衛者，後來，不知怎的變了質，熱倒冷爆不時有，馬迷氣煞。有一趟，主策熱門馬貴妃，潛質深不可測，成為一面倒大熱門，獨贏賠率五點五元（一票五元），馬迷皆信必勝無疑，瘋狂投注，《老吉馬經》的沈老吉更是亟力推薦，熱上加熱，就有上海紗廠大老闆當牠作股票投注。閘門打開，貴妃一騎放出，迨入直路，已拋離八、九個馬位，眼看勝券在握，好個郭子猷，卻在貴妃抵終點前半化朗（Furlong，英國長度單位，一化朗約二百零一米），忽地人仰馬翻，跌了下來，全場嘩然，貴妃斷足，在草地上轉輾反側，郭子猷則有幸安然無恙。哎哎！大熱倒灶，遍地彩票。馬迷氣得大罵「直娘賊」，自此「大賊」成為郭子猷的綽號。因果循環，郭子猷晚景平淡，其妻廖氏戀上大盜歌王林沖，委身下嫁，這事當年轟動香港。越數十年，我與林沖相交，他說廖小姐是在跟郭先生離婚後，才來台結褵。

另一位華籍騎師鄭棣池，原為教車師傅，不知怎的成為騎師。此君騎術高超甲馬圈，拼勁、膽識尤其出色當行，七十年代初，策騎名駒人之像，更為馬迷津津樂道。人之像開票便成半熱門，沿途跟在馬群中疊，轉入直路最後一化朗，前面有三、四匹馬並排一起，組成銅牆鐵壁，封住進路，眼看半熱門會有閃失，鄭棣池卻不慌不忙，乘住前面有馬匹略為挪開，左手韁繩一抖，馬兒立即從隙縫間竄上，電光石火之間，直奔終點，全場歡聲雷動。這場賽事，事隔近五十二年，仍無法忘記池哥勇猛的拼搏精神，即在今日潘頓、雷神身上，亦難得睹。紅透半邊天的鄭棣池，後來也似中了魔咒，取代大賊，逢熱多倒，馬迷氣結，稱之曰「垃圾池」。

鄭棣池風流濺血

垃圾池是風流種，情人無數，某情人之弟嗜賭馬，輒向他索貼士（tips），每每全軍盡墨，氣不過，某日持利銼闖進北角民新街金馬大廈「金屋」，用銼猛刺其雙腿，鮮血涔涔染床單，務令對方永久不能騎馬，上蒼保佑，傷勢不重，無礙身手。八六年鄭棣池因涉楊元龍造馬案，被馬會停牌，馬房交副手羅國洲接管。羅國洲跟告東尼為同期師兄弟，年少英挺，倜儻風流，銀圈嬌娃，趨之若鶩。沉迷酒色，無心馬事，黯然退出馬圈。二〇〇七年五月，在百德新街家中，浴後不慎跣腳倒地，頭砸啞鈴而不起，年僅四十九。至於引領我成馬迷的同學鮑智賢君，十六歲時，不知何故，投海身亡。我等一班同學風雨聲中，送君上山，靈柩傳出屍臭，中人欲嘔，我吐不出，只是邊走邊飲泣。一別近六十年，鮑君，你可輪迴了？

馬場歡喜冤家

平安夜，聖善夜，告東尼，救我們！七、八十年代，咱們一班馬迷，作興唱自創歌謠。那是因為告東尼生於平安夜，適逢賽馬，必拼盡慶生，成為馬迷的運財童子。兩串三獨贏過關，頗有收穫，於是乎 Merry Christmas，蓬拆拆上舞廳，罄盡所有，no problem，反正馬會請客。

告東尼是葡萄牙人，港人口中的西洋仔，生於斯、長於斯，香港人視他為自家人，外國人則以他為西洋人：父告魯士綽號「盲俠」，放馬一流，兄告達理，亦係騎師，一門三傑，馬圈罕有。告東尼出道不久獲練馬師賓士照拂，迅即走紅，曾一季勝出五、六十場頭馬。在七、八十年代，馬場西洋騎師充斥時期，實為港人爭得一口氣，馬迷擁護，暱稱告仔。

六、七十年代，馬場呈郭子猷、鄭棣池爭霸，到七、八十年代，時移世易，少壯派摩加利（細摩）、告東尼相互爭持，各不認輸，一季賽馬，冠軍騎師，不是摩加利，便是告東尼。若論總體成績，細摩曾獲冠軍七屆，而告仔僅得六屆，且摩加利因楊元龍造馬案，八六年退出馬圈，告仔則持續馳騁沙場凡十載，多騎十年，冠軍反少一屆，原因何在？且聽我慢慢道來，摩加利退後，馬場來了一位騎功超卓的南非騎師馬佳善，綽號「笑面虎」，騎功獨特，擅放擅推，一騎帶領，餘駒難追。加以告仔獲邀往法國出賽，又得世界大馬主阿加汗青睞，聘為主帥，南征北討，分身乏術，只能在法國馬事稍歇時，抽暇回港客串，賽期短，難爭冠，細摩遂壓告仔。

「觀千劍而後識器，操千曲而後曉聲」，浸淫法國經年，告東尼騎技大進，不止技壓本地騎師，更能跟英國之寶繆沙、魏德禮等比拼而不落下風。馬評家董驃（馬王驃）最寵告東尼，誇他騎功異於常人，有馬評家批告東尼騎後勁馬稍覺陰柔，董驃立刻責之為外行，不諳騎術，蓋告仔以陰力催馬，境界更高。武俠小說大師張夢還，年輕時曾為新加坡業餘騎師，告我告仔騎功雖不錯，略遜柏葛、魏德禮和繆沙，而跟嘉遜在伯仲之間。魏德禮的雪花蓋頂鞭法，非告東尼所能為，而繆沙單手持韁，側身臥推，更難企及。猶記當年繆沙策朱寶明的「金牡丹」，力拼細摩主轡的「樂心」，兩駒並頭馳入最後直路，繆沙為爭勝，施展臥推，左眼斜望身邊細摩，彼推一步，己跟一步，力壓半個頭位過終點，全場爆彩，掌聲不絕。「告東尼韁繩好，狠勁始終不足。」我的看法跟張大哥相同，告東尼不能跟頂尖英國騎師柏葛等相比，可貴為香港一級騎師，自有秘技，換鞭神速。曾在宴席上看到他親身表演，左、右手交叉易換，疾如輪轉，快如閃電，賓客看得瞠目結舌。

楊受成解困卻被檢舉

年少得志意飛揚，告東尼也曾犯錯，七六年在馬會停車場，跟報業聞人韋建邦因爭車位，出手傷人被捕。殷商楊受成為求息事寧人，四出奔走，誤踩地雷，遭廉政公署（ICAC）檢舉，控以妨礙司法公正罪名，被判入獄九個月，因行為良好，提前三個月獲釋。八十年代初，我在《天天日報》工作，常見到韋建邦，告我從未向ICAC檢舉楊受成，那真是陰差陽錯，合該有事：「有一天，我在醫院內錄口供，碰巧楊受成來找我商談，所說一切，盡入人耳。我只是有事直白而已。」楊受成枉作好人，出獄後，對馬事意興闌珊，從此再不入馬場。告東尼則在九六年，因傷患難根治而退役，轉任練馬師，練出一片天，廿一世紀初，「精英大師」連勝十七場，打破上世紀美國馬王「雪茄」連勝十六場紀錄，震驚馬場。本來「精英大師」大可一路連勝下去，出於告東尼的英雄主義，報跑安田紀念賽千六米，只得第三，大傷元氣，一代馬王從此衰落，正是「成也告東尼，敗也告東尼」。

告東尼的死對頭摩加利出生於賽馬世家，其父佐治摩亞（老摩）乃澳洲殿堂級騎師，兄約翰摩亞亦是騎師，騎功平平無奇，轉作練馬師，成績家喻戶曉。張夢還曾說過：「說真的，細摩騎功略不如告仔，只是有老摩大力支持，不必為尋找實力座騎傷腦筋，安車平八路，冠軍手到拿來。」我素敬細摩仁義可風，陣上拼勁十足，多年來視作扶手棍，惜乎捲入楊元龍造馬案，被逐出馬場，至此方知正義英雄，原是卑鄙小人，遂想起一樁往事。八十年代初，嗜買六環彩，某趟投注六環彩，頭五關已過，最後一關選細摩的大熱門「加威勇士」，豈料跑個梗頸四（第四名），斷了六環彩。那次賽事，馬王「同德」大熱門，三甲不入，我福至心靈多添陳柏鴻的「百勝福星」，安然過關。若然尾場「加威勇士」勝出，彩金幾十萬，天不佑我，奈何！以為是細摩一時失手，造馬案揭發，原來竟跟譚文就、陳毓培等沆瀣一氣，正義英雄形象，蕩然無存。

人生無常，命運不同，郭子猷、鄭棣池離開馬場後，生活平淡，摩加利、告東尼鴻運高照，前者轉投澳門開倉練馬，成績不俗，近年重回澳洲開倉，優哉游哉。告東尼，更不消說了，贏得兩屆練馬師冠軍，今季暫列第三，獎金豐厚，早成馬圈億萬富豪，美妻作伴，生活優游，去年傳喜訊，馬會為他早開綠燈，練馬至古稀，天上盲俠，當可告慰！

退休之後的告東尼

倪匡教我永難忘

冷雨霏霏的七月三日週一午後四時廿分，香港資深電影人吳思遠傳訊說：「傳倪匡過身了！」嚇了大跳，忙問消息何來，可靠否？答曰：「有朋友為倪家做事說的，我不敢肯定。」叮囑我好好的查一下。我立即電施仁毅，這幾年，他們夫婦倆一直照顧倪匡夫婦，施太更認了倪太為誼母，是名副其實的母女，關係密切，自是知情人。電訊傳過去，沒回音，留口訊，也不獲覆。轉電倪匡，去了留言，頓時咯噔一聲，不妙不妙！

想起住在山上的金庸太太，傳訊探問，回道不知情，未聽說過。金庸逝世後，兩家少往來，那只好麻煩遠在倫敦的作家陶傑，渠道眾多，消息靈通，金庸去世也是他轉告我的。一通電話掛過去，問是否真的？「百分之百真，前幾天我跟他作視頻，上氣不接下氣，我心老大不安。」問何時去世的？「今天下午在療養院走的。」後來才知道是指黃竹坑南朗癌症康復中心，那地方是專事服侍癌症末期病人。再問是甚甚麼病，則語焉不詳。

掛上電話，我在臉書上寫著「倪大哥下午走了」，聊表悼念。不料犯下大錯，傳媒電話如浪潮般湧來，異口同聲問倪先生怎樣了，真的走了嗎？

很多人覺得倪匡去世非常突然，而我並無這種感覺。六月初，心血來潮，打電話給他，接聽後，問健康？聲音低沉無力：「小葉，我身體大壞，一天睡廿個小時也不夠！」睡廿個小時，一天，豈不是只剩下四小時了？前兩年，他曾告訴我將一天廿四小時，劃分為三節，每節八小時，八小時睡覺，八小時看報、讀書、講電話，八小時三餐進食、休憩。可現在睡足廿小時，剩下四個小時，吃飯、看書，這正說明體力大幅度下降。電話中不便多談，心有不祥感覺，只好說：「倪匡兄，你多保重。」掛了線，這也是我跟他最後一次通話。

倪匡九二年移民三藩市，行前一夜，倪匡夫婦、作家薛興國夫婦、我與妻子在北角雪園晚飯，飯後，倪匡夫婦乘的士回家，上車前向我遞了個眼色，我點頭表示明白，那件事我一直保密到他乘飛機離去。其後，薛興國離婚再婚，兩年前自殺身亡，我妻亦於四年前癌症去世，今日倪匡亦乘鶴西歸，世事殊不可測。

○六年回流後，我只見過他兩面，第一次是金融界人士詹培忠設宴佳寧娜接風，座上有倪匡夫婦、《城市週刊》創辦人李文庸，我乘倪匡上洗手間時，向他說「抱歉」，他擺手道：「小葉，我沒有問題，我跟倪太說，放心！」終是沒了下文。第二趟相見，已是二〇一三年的衛斯理五十年誌慶，倪匡演講後，我走上台向他打招呼，一見到我，第一句話便是：「小葉呀，倪太今朝嘸沒（沒有）來，阿拉（我們）先來抱抱？」相擁偎傍，友情在心裏流，豈料這卻是最後一面。

九年後聽到噩耗，我有點惘然不知所措，倪匡兄真的悄悄地走了，傳媒要我發表一點感受，實在說不出來，逼得緊，只說了：「像倪匡那樣的作家，日後怕不再有了！」寥寥幾句，勝過千言萬語。

放下電話，呷了口熱騰騰咖啡，時光迅即倒流到七〇年初遇倪匡的情景，那年新都城酒樓開幕試菜，倪匡偕金庸出席，電影界老大哥方龍驤引見，知道我是上海人，高興莫名，拉著我的手說個不停。那時候倪匡的《女黑俠木蘭花》非常紅火，萬千讀者著迷。忍不住告訴他我就是《木蘭花》的校對，他打個哈哈：「小葉，原來阿拉神交已久！」說也奇怪，自此「小葉小葉」直喊到他去世，從來不叫過我「沈西城」。叮噹叮噹，快要開席，他拿起枱上一張小紙，用筆寫了幾行字交到我手上：「這是我家裏的地腳印（地址），儂（你）有空來白相（玩玩）。」我一看，寫著——「銅鑼灣百德新街海威大廈二樓B座」。

我年少膽子大，過了幾天，真的打電話去要往拜訪，他熱烈歡迎。他家很大，三房兩廳，沒有書房，三房的分配，倪匡氏夫婦一間，大小姐倪穗佔一，二少爺倪震單泡（一個人）。他寫作的地方是在客廳，大書桌靠窗，面對兩個大櫃子，裏面擺滿貝殼，指著琳瑯滿目的貝殼，不住闡述，我是聽得一頭霧水，滿不是味兒，得想個法子讓他住口，於是說：「倪匡兄，嘴巴乾！」「好好好，不要喝汽水，吃老酒！」正合我心意，開酒櫃，拿下一瓶藍帶開了，兩個人，他坐書桌上，我倚沙發對飲，你一杯，我一杯，聊至夕陽西下尚未休。

請他寫亞洲之鷹羅開

八十年代初，我出任《翡翠周刊》主編，請倪匡寫《亞洲之鷹羅開》傳奇，往來更密。我很少主動找他，每次都是他先找我，只為兩件事：一是：「小葉，一個鐘頭後，杜老誌道等。」那就是吃喝玩樂要開始了，同行還有阿樂，他有汽車，當司機兼保鏢；再者就是問問老葉甚麼時候付版稅。老葉葉鴻輝是香港三大發行之一利源發行的老闆，轄下有個利文出版社，倪匡的《亞洲之鷹羅開》就在那裏出版，說起來，倪匡小說，衛斯理由明窗出版，原振俠博益包辦，由於跟博益因版稅問題，鬧得有些少不開心，倪匡跟我商量想找別的出版社，我就介紹了利文，利文由此發了一筆財。至於出版過程，則頗迂迴曲折，有空再為諸君告。

倪匡，愛你，也恨你！

利文出版倪匡的書，過程曲折有趣，這得從倪匡被截稿說起，堂堂大作家被截稿？千真萬確，施狠手者是《東方日報》副社長周石。七十年代中至九十年代初，倪匡創作力旺盛，每年大約出版二至四部科幻小說，包括衛斯理和原振俠，衛斯理在《明報》連載，原振俠發表於《東方》，某天我去貴州街東方報社交稿，周石忽然對我說：「倪匡的小說，我想停一停。」聽了大吃一驚，倪匡的小說也要停，哪還有甚麼好的小說可登？問原委，周石攤攤手：「千篇一律，了無可觀。」我首次聽到有人說倪匡的科幻不過爾爾，吃驚程度不下美國投原子彈於廣島。於是，原振俠就在《東方》副刊消失了。

後來，我問倪匡，哈哈三聲說：「我要《東方》大幅度加稿費，不捨得，截了！」我說絕不可讓原振俠消失，倪匡皺眉頭：「我寫，不成問題，可登在哪裏？」其時我在《天天》出版社上班，靈機一觸，說：「倪匡兄，我想想法子。」於是向社長韋建邦推薦。「那太好了，歡迎歡迎！」韋建邦喜不自勝。「不過，倪匡兄的稿費不便宜，要八千塊一個月。」我有些擔心。好一個韋建邦，眉頭不皺，爽快答應。倪匡在《明報》的稿費是九千，八千元寫《天天》，天大優惠。我有點兒弄不明白，倪匡一向是貪錢烏龜，怎肯吃虧？倪匡笑言：「小葉，《天天》賺錢不及《明報》、《東方》，自然要少一點！」媽呀，盜亦有道！

台灣遠景沈登恩因出版諾貝爾文學全集背巨債，拖欠倪匡版稅，屢催不果，收回版權，轉投皇冠。平夫人瓊瑤倒履歡迎，不惜工本包裝、宣傳，將衛斯理更推上一層樓，不出三個月，全台灣，人人都知衛斯理的大名。大約是八三年，天聲公司老闆鄭雪魂招呼我在他的出版社暫住，我倆常結伴到寶馬山倪匡豪宅作客。一次倪匡嘆息，埋怨明窗出書太慢，版稅給得不夠快，雪魂進言：「何不找其他出版社試試？」倪匡道：「跟老查談過，他說若有人一次過跟他買下衛斯理，他就讓我過檔！」要多少錢？倪匡眉頭一皺：「大概一百萬！」嘩！一百萬買出版過的書，不划算呀！挨到雪魂皺眉頭：「大哥，可否分期付款？」倪匡一聽，格格笑起來：「阿鄭，你當買棵菜呀，這筆錢可不是我收呀？還有，老查實可能是一時之氣，一旦分期，分分秒秒會收回成命。」鄭雪魂素是機會主義者，不想錯失良機：「我想法子，三天內給你一個回覆。」倪匡道：「那好，我等三天。」回到天聲，撥電話，笑逐顏開：「好了，約到老闆！明晚七點，北角麗華樓。」

七點正，麗華樓走進了兩個人，一個身材矮小，深色西裝，鼻樑架金絲眼鏡，態度從容，一個年輕，高大憨厚，滿身陽光。小夥子說：「這是我們老闆葉鴻輝！」鄭雪魂大喜過望，雙方握手，坐下喝了口茶，言歸正傳，利源書報社葉老闆表示對倪匡的科幻小說大有興趣，可一下子拿一百萬買舊書，著實有點兒擔憂。我說：「可以重新包裝——」鄭雪魂插口：「還有嘛，倪匡會繼續寫，有新作問世，新帶舊，銷路一定不成問題。」

葉老闆沉吟片刻：「這事我回去開會問一下董事們的意見。」鄭雪魂怕節外生枝，說：「葉老闆，我們可以合作，三七分，我出三十萬。」葉老闆當下沒作聲。兩日後，回電說希望能跟倪匡親自聊聊。

我和雪魂陪著葉老闆往詣倪府，倪匡手上捧著酒杯把跟金庸之間的協議細細說了遍，葉老闆聽了說：「我有興趣，但這樣龐大的數目，還得董事會通過。」倪匡急性子：「不能拖了，再拖，老查會變卦。」又過幾天，葉老闆沒回音，我打電話去問，訕訕地說：「董事會不答應。」就這麼一句，平白錯過賺大錢的機會。若干年後，葉老闆感喟地說：「若當年我們膽大一點，現已賺個好幾百萬了。」不是你的錢，不進你口袋，有啥好說！

彼此有緣，自有合作機會，倪匡跟博益因版稅問題，鬧得不很愉快，想移師別處，轉告葉鴻輝，大喜過望：「我來！」我嗆他：「不用開董事會了嗎？」葉白我一眼：「這種小事我拿不到主意，還了得，嘿！」跟倪匡一說，一拍即合，水到渠成。這本小說就是《通神》，是利文出版的第一部倪匡科幻小說，自此打開合作之門。嗣後，《亞洲之鷹羅開》順理成章便由利文作系列式出版，合作有愉快，也有痛苦。

先說愉快吧，首先，倪匡交稿快而準，絕不拖延，作品有一定水平，銷路有保障，封去蝕本門；痛苦嘛，真難為了老葉。倪匡賣文規矩，鐵價不二，先錢後貨。出版《通神》，亦復如是，先收版稅，五千本，抽百分之十五。其時，單行本大抵定價二十元，百分之十五，一本三元，五千本，即一萬五千元，不能說少。葉老闆呱呱大叫：「哪有這樣的規矩！」對曰：「倪匡規矩，勿來事，拉倒！」一急，上海話出口。葉老闆乖乖就範。兩個月後，葉主動搶先付版稅。第一種痛苦熬過，別開心，第二種痛苦接踵而來，稅項由貴社負責。最後，還得應付倪匡的舉債。「老葉呀，我是倪匡！」一通電話打到葉老闆辦公室，老葉瑟瑟發抖。三大要求：出版快一些；多付兩、三期版稅；清理稅項。後兩項要求，數目不在小、通常都是十至二十萬港幣，葉好為難，忍不住吐苦水：「阿沈呀，你介紹倪匡給我，是幫了我，可同樣害苦了我，唉——」長長歎口氣：「倪匡呀，我愛你，也恨你！」

倪匡的小說之道

倪匡仙去後，他的科幻小說誰來繼承？我不才，補筆寫原振俠、羅開，狗尾續貂，不成一格，出版後，通通給我扔進垃圾桶，再不敢揭蓋。也有吃了豹子膽，勇者無懼者宇無名、譚劍等，前後寫了不少，能成器否？尚要待考。宇無名早逝，擔子落在譚劍身上，期他努力。倪匡走了後，香港科幻天地更顯空虛，難怪有人慟哭，有人涕泫。這大可不必，沒有科幻小說，非是末日來臨，咱們收拾殘心，面對將來，天上倪匡當所樂見。

關於小說寫法，倪匡生前也曾跟我說道過，夜雨霏霏，冷風蕭蕭，舉盞對飲，談及小說，倪匡始終認為：「只分兩種：好看和不好看。好看的小說非常簡單，定必要有豐富的情節、鮮活的人物，小說寫得不好看，裏面有再多的學問、道理、藝術價值，都沒有用。」我問他是否劍指台灣社會科幻小說，笑而不語，啜一口醇醪，強調一名作家的責任，是寫出讓讀者讀得廢寢忘餐的作品。引伸下去，就是不能把作品寫得沉悶呆滯，看得人頭暈腦脹。問：緣何衛斯理小說獨缺愛情元素？倪匡罕有地承認缺失：「我的小說中處理愛情不算高明，我覺得愛情故事實在太簡單了，難有甚麼變化……科幻小說跟愛情小說不同，由於情節往往太過豐富，無法多費筆墨去描寫男女主角的感情衝突。」有點道理，可我不能完全認同。

倪匡是跟金庸並列的大作家，常有人問：「倪先生，如何成為一個小說家？」倪匡例必三聲哈哈笑，答案都一樣：「開始寫呀，即刻寫，不斷地寫，只要開始寫，就愈寫愈好！」(真的如斯簡單？I doubt it!) 小子宇無名曾經問倪匡：「當今香港科幻作者，誰最有潛力能寫到閣下那樣的成績？」答案千篇一律：「寫得勤的，都很有潛力！」講了等於白講。很多人都說倪匡的字體難懂，我不認同，他的字寫得不錯，而且清晰。對此，倪匡說過：「許多人說看不懂我的字，有專人排我的字，這是虛構的。那時候一份稿會剪開十多條，幾個人一起排，哪有專人負責？」倪匡謬矣！《明報》排字房領班陳東告我倪匡的字比較潦草，節省時間，他安排固定工友負責。莫非陳東打誑？

倪匡生前，八〇年代末吧，作家協會舉辦小說訓練班，黃仲鳴懇邀倪匡擔任講師。倪匡跟學生說：「每個人都想知道小說應該怎樣寫？其實寫小說容易得很，只要有大量沒意思的話。」學生起哄，他們想要聽的絕不是這些廢話，而是胡菊人、黃維樑那樣條分縷析的理論。倪匡三言兩語，簡簡單單，豈能滿足學生的求知慾？大喝倒采，必然。倪匡曾訂三條寫小說方式：「頭好、中廢、尾精。」有人指出倪匡小說結尾多不精采，好個倪匡，不慌不忙回答：「只賣數十元的一本書還苛求甚麼？我寫稿並非文藝創作，只是為了滿足副刊的需要。」不看白不看！寫小說，倪匡從不打腹稿，不過開始之前，大約的情節總是有的。到正式寫作時，起了變動，甚至會變得面目全非，一九六九年的《湖水》，開始時，打算寫一個「鬼上身」的故事，「後來這種想法不能為當時社會所接受」，硬將故事說成人為，扭扭揑揑，不倫不類，倪匡耿耿於懷。相隔十年寫了《木炭》，承認有鬼魂的存在，彌補此憾。

中國小說重想像欠推理

提到科幻小說，不少人厚外國、薄中國，說中國科幻小說少，是由於缺乏想像力。倪匡義憤填膺，罵道：「見你媽的鬼，中國人的想像力一向很豐富，你看《山海經》、《淮南子》等古書，其實就是想像類型的科幻書，後世中國科幻小說不多，主要是中國人不重視科學。既不重視、自然不講求證據與推理，科幻小說也就難生存。」我插嘴：「正因如此，中國的推理小說興旺不起來，無法追近日本。」倪匡說了聲「yes!」，同意小葉說法。我在東京時，接觸過松本清張、三好徹、伴野朗等大家，通過相談，得一結論：「日本作家心思慎密，講求條理，松本清張當年寫《點與線》，跑遍東京都內的電車路線，取其時間差，方能貢獻出名震文壇的傑作。」

香港作家焉肯如此，不說主流，推理小說連二流都不及！（註：近日有人提陳浩基，未曾閱讀，不敢月旦。）古稀後，某天，倪匡坐在桌前，握管久不能出一字，以為一時偶然，翌日、大後日，亦復如是，彩筆飛走，到了頑童倪匡口裏，變成：「寫作配額用光了。」

倪匡最後一部衛斯理是《只限老友》（我是他小弟，不能看。），可不完整的、真正最後的小說作品，是替梁鳳儀的《我們的故事》所寫的第一章內容，僅三句話——「一九四九年，中華人民共和國成立。梁鳳儀在香港出生。哈哈哈哈！」

二〇二二年陽曆七月三日（農曆六月初四日）衛斯理捨棄地球生活，出發赴星際，去了哪個星球？我們地球人皆不知道，我猜想：按他性子，必四處漫遊，今夕月球，明日火星，後天木星……隨心所欲，逍遙快活，倪匡兄，小葉妒忌你！

倪匡的三個書房

看youtube錄像介紹倪匡書房，套句老話：浮想聯翩，感慨萬千。畫面裏的書房，應是寶馬山時期，面積約一百五十呎，寬敞通爽，簡潔優雅，這是倪匡第二個書房。最初的在百德新街海威大廈，不能說是書房，充其量是「租界」，在客廳一處，犄角成房，置一台一桌，每日正午，倪匡伏桌治稿達四、五小時。工作完畢，始喝酒、赴飯局。洛陽兒女對門居，住在對面的是海派作家過來人（蕭思樓），胖嘟嘟，賬房先生樣兒。兩人常見面，過來人慣叫倪匡作「小倪匡」。《真報》時期，過來人賣文與陸海安，已是名作家，倪匡小巴拉子一個，二十出頭，當個雜工。「小倪匡小倪匡」叫慣了，改不掉。倪匡海量，當不以為意。過來人告我：「倪匡這小子，聰明到極，陸海安叫他為司馬翎補稿，他媽的皮，寫得比司馬翎還好，不到你不寫個服字。」蕭老闆慧眼識英雄，一早看穿倪匡他日必成大器。果如其言，未幾，倪匡晉升紅作家，聲名蓋過過來人。蕭老闆曰：「這就是命！」

倪匡也曾向我提及過來人，說他是個老好人，好白相（上海方言：好玩）到連人家的女兒也養下來。別以為是調侃，卻是千真萬確的事實。過來人從未正式討過老婆，身邊的女人大多是臨時湊合，這是何行（六、七十年代香港作家）親口說的。後來過老闆身邊有個固定的伴侶蔣文娟，生活就比較正常了。蔣女士結過婚，帶了兩個女兒過門，過來人視為己出，長女在新加美舞廳當小姐，藝名「丹華」，小的莉莉是歌星，駐唱灣畔甘露夜總會。過來人常拉隊捧場：「來！捧捧我女兒場！」海派文人無一不應和，連我這個小弟弟也常敬陪末座。莉莉，美人兒，《良夜不能留》唱得不遜原唱佩妮。倪匡偶也賞光捧場，敬佩過老闆豁達大方，嘗言「我學不到他」。

寶馬山的第二個書房，我閒時會上去坐坐，有兩件事最可記：大約是八〇年，不道何事，上寶馬山，坐進倪匡書房。倪匡倒了杯冰鎮伏特加給我：「小葉，你先坐一會，我寫一段稿，一會跟你聊！」於是他幹活，我啜伏特加，嗆喉嚨，倪匡拋了顆拖肥糖給我。過了十分鐘，停下筆，打個呵欠，轉過身，道：「小葉，我現在在寫一個小説，非常好白相，叫《追龍》——」還未説完，我插口：「是不是講吸毒的？」「亂講！是有關天文現象，東方青龍七宿的七顆星，連成一線，發光發熱，射向地球，造成災劫……」説者興致勃勃，聽者烏眉瞌睡。見到我一臉死相：「算了，我們吃老酒！」這篇名聞文壇的《追龍》，當時只寫到第八回，還未出現專家們所説的東方城市毀滅的橋段。那天在書房聊些甚甚麼？年代暌隔，早無印象。落山時，天邊泛紅，雲霧追纏，有如一條龍。

其次是八八年偕譚仲夏（香港作家）午間上山，有要事商議。倪匡在電話裏推：「小葉呀，我患上膽石，痛得我要死！」還在電話裏叫痛起來，可此事不可無倪君，告以來龍去脈，他就連聲：「好，你們下午兩點鐘上來吧！」進得書房，見了倪匡，譚老幹氣得哭起來。倪匡驚訝了一下，要老譚細說從頭。原來作協（香港作家協會）有人要整他，跑去廉政公署報案，說作協帳目不清，疑有人貪污，矛頭直指老譚。倪匡聽罷，拍桌而起：「荒唐之極，睹三話四，老譚怎會做出這種事兒？有事開會說嘛，報甚甚麼廉記！」老譚趁勢而上，求倪匡為他主持公道。倪匡義薄雲天，拍拍胸，朗聲道：「我一定出席大會！」翌日，作協上演了一齣倪匡舌戰群儒的大戲，言正辭嚴，豪氣干雲，群儒辟易，終還了譚老幹一個公道。事件廓清，可作協從此一蹶不振，名存實亡。

第三個書房設在天寶大廈，面積狹窄，是名副其實的小書房。倪匡日夜窩在裏面，白天寫稿，晚上打地鋪睡覺。我問原因，回說早已跟倪太分房睡了。倪匡要移民，賽西湖大廈的大房子賣了，短租一個小樓房棲身。未幾，倪匡移民三藩市，少見了，友情未斷。

倪匡眼中的沈西城

近日有人非議我跟倪匡少聯繫，沒資格說三道四，卻不知咱們友情永在心中。不妨錄一段倪匡對我的看法：「沈西城姓葉，卻取了這樣一個筆名，他年紀很輕（現已古稀），頗英俊瀟灑（今老態龍鍾，不敢窺鏡），卻混跡在父叔輩中，稱兄道弟，老資格也欣然接受，可知其人必有所長。他寫文章，件件皆能，小說雜文電視電影劇本都很可觀（抬舉了，不敢當），而且他有十分難得的性格——一點也不強求，有，固然高興；沒有，也哈哈一笑。這種性格的人，大都不是很肯專心工作，因為工作大多無趣，娛樂可尋歡愉。」恐怕再沒有人能像倪匡那樣看透我這個壞小子。朋友不必常見，但求心靈相通。倪匡兄，不瞞你說，我現在懂得強求了，你去了星際之後，我一連寫了好多篇懷念你的文章，強求要做你的小兄弟，可這真能強求而得嗎？望你今夜告訴我，我欲「尋夢」！

香港四大才子從何而來？

如今，香港四大才子之名，早已如雷貫耳，無人不曉。四大才子中，三人俱落葉飄零，永別世間，獨剩一人，顧影自憐，落寞神傷。聚散匆匆，生死有時。近日，江湖有人提問：四大才子之名自何而來？一時答案風起雲湧，難有定論，真相何如？經追溯梳爬，大抵出自〇八年「三聯」轄下「利文」出版社所出的《金庸與倪匡》一書。〇八年利文主編舒非女士找我，欲再版《金庸與倪匡》，編委以內容稍嫌單薄，建議加入蔡瀾。我當無反對，於是去冗添精，搜輯補佚，改名《香港三大才子——金庸、倪匡、蔡瀾》，銷路不俗，三大才子之名遂一錘定音。書出版後，有讀者指責欠缺黃霑，太不公平，更由於倪匡、蔡瀾、黃霑三人曾合作電視節目《今夜不設防》，實宜乎補入，我亦頗有此意。爾後，舒非女士另有高就，利文又無跟我再聯繫，此事作罷。不道何故，後有人口頭補入黃霑，「香港四大才子」之名由是流傳。

前年，中華書局黎總編輯跟我商議，欲把《三大才子》擴充，多添一、二人，我想了想，說：「把董橋、陶傑一併加入吧！」黎總編輯表示可以考慮，卻是像斷了線的鷂子，無聲無息，此事作罷。最近，面書上有人指出，早於〇四年，「巴蜀鬼才作家」魏明倫先生已為香港四大才子正名，並曾撰文分析四人風格，故應列在《三大才子》一書之前（亦有可能鬼才目睹四人名字、作品，喜之愛之，靈感所使，定之為四大才子）。書友有所不知矣，《金庸與倪匡》初稿成於八二年間，由利文出版兼發行。其時，坊間似仍未出現介紹「金、倪」專書，而將兩者並列，引之為才子者，亦應發軔自此書。

《金庸與倪匡》源起

說到《金庸與倪匡》，有一段故事足可記，八十年代中，倪匡跟「博益」因版稅、出版速度慢等種種問題鬧翻，一氣之下，欲蟬曳殘聲過別枝，其時我主編《翡翠周刊》，連載《亞洲之鷹》羅開傳奇，《翡翠》的發行正是「利源」書報社，老闆葉鴻輝乃我宗兄，跟他商議出版倪匡另類科幻小說，二話不說，答應下來。為出版倪匡科幻小說，利源特別成立利文出版社，專事出版倪匡小說，創業作便是《通神》。看到小葉勞心勞力，倪匡兄有意提攜，建議利文為我出一本書。寫甚麼好呢？葉鴻輝眯著不大不小的眼睛，笑道：「你跟倪大哥如此相熟，就寫一下他吧！」我自無異議，倪匡從旁加了一句：「不妨把查先生也寫進去。」倪匡、《明報》中人包括黃俊東、戴茂生、王司馬、蔡炎培、哈公、陳東等，提供資料，東拼西湊，遂成《金庸與倪匡》，此書共出了三版，我拿稿費，所得不多，不意後來卻成為內地專家研究金、倪兩人小說的重要參考書，各大學圖書館均有收藏，影響至大。此書出版後，金、倪始並列，復被譽作報壇兩大才子。

蔡瀾是南洋人，父親協助邵氏南洋影事業務，是邵逸夫的世侄，出自此種關係，蔡瀾順利進入邵氏製片部工作，得蒙提攜，青年蔡瀾悉力以赴，不幸偏遇煞星方逸華入主，一人之下，萬人之上，書生蔡瀾宅心仁厚，何能應付老練「蒙娜方」，投閒置散，製片部無事可做，只好利用閒暇，在大枱子上寫字、寫畫，花鳥蟲魚，皆彼所擅。好學不倦，投師大家馮康侯門下，跟我同學鄧昌成成了師兄弟。七十年代，我跟倪匡某日黃昏到百德新街馬天奴咖啡室喝咖啡，碰巧遇到蔡瀾，倪匡作曹邱，說是好白相（上海方言，即：喜歡玩樂的資產階級），從此相識。那年，蔡瀾正好三十出頭，身材高䠷，瀟灑俊逸，不做製片，可當明星。廣東話並不靈光，卻是熱情好客，電影導演淩子宣傳《原野》蒞港，蔡瀾帶我見她，一番閒聊後，驅車往男星岳華清水灣家打邊爐。好個蔡瀾，讓我白酒、紅酒、威士忌三大混，我爛醉如泥，回程，不勝酒意，吐得一塌糊塗，害苦了岳華。

蔡瀾文筆靈巧逗趣

蔡瀾拜入馮門後，逢週三必到鰂魚涌麗池大廈馮宅習藝，課後，常邀我往附近喬家柵消夜，談文論藝樂何如，那時我已為《明周》、《明月》、《明報》寫稿，蔡瀾躍躍欲試，説自己文章沙石滿紙，教我一看。媽的，言過其實，精簡清暢，靈巧逗趣，尤勝不少專欄作家，文風接近明清筆記，毋妨多看，因而倡議他讀張岱的《陶庵夢憶》和《西湖夢尋》。他把書名抄下，呷酒一口説：「明天我去買。」嗣後，文字更進。不久，經倪匡引薦，成為《明報》專欄作家。「邵氏」衰落，加盟「嘉禾」，電影、寫作一手揸，成為第三大才子。

四大才子以年齡排，自是金庸居首、倪匡第二、黃霑挨三，蔡瀾末席。論才藝，金庸武俠、倪匡科幻、黃霑歌詞、蔡瀾小品，皆屬報界精品，鮮有人及。今三大才子先後去矣，獨剩蔡瀾遊戲人間，賢妻、書迷相伴，豈會寂寞！夜已闌，月如鉤，想起倪匡，泫然欲涕，淚卻難流！

當年利文出版的《金庸與倪匡》

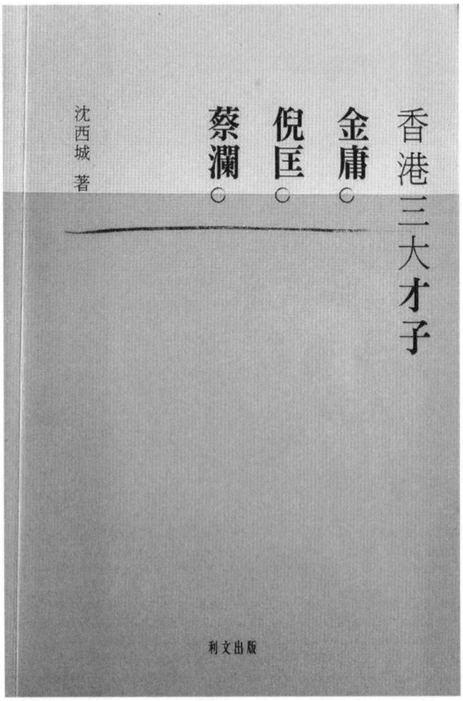

改名再版的《香港三大才子——金庸、倪匡、蔡瀾》

一張舊照牽動心

花落水流，春去無蹤，只剩下遍地醉人的東風——五十餘年前，在尖沙咀樂道紅唇酒吧，聆聽此曲，老家百代黑膠唱片，也曾播此調，只是聽不在意。那夜，有酒吧老闆娘相伴對飲，柔柔燈光落在她臉龐，不深不淺的皺紋，多少風霜在其中。聽著聽著，體會漸深，到底誰唱此曲？少年郎默無所知。老闆娘噴口煙，迷濛著我雙眼：「唉，一代妖姬白光，你知道不知道？」於是想起「眼波流，半帶羞」、雙眼惺忪、斜望天下男兒的白光阿姨。「曲與詞，了不起喔！」我呷口啤酒，透心涼！老闆娘「嚶」的一聲：「小鬼頭，懂呀！阿姨老朋友寧波才子李厚襄寫的。探戈節奏，阿姨年輕點兒，跳給你看！」咦，黑膠唱片上寫的不是侯湘曲，水西村詞的嗎？老闆娘淺淺笑：「李大哥怕羞，用了別名！」

五、六十年代香港國語流行曲盛行，歌壇有所謂五大天王：姚敏、王福齡、服部良一、李厚襄和綦湘棠，各有代表名曲：姚敏《情人的眼淚》、李厚襄《魂縈舊夢》、王福齡《不了情》、服部良一《重逢》、綦湘棠《曼波女郎》，廣傳民間者當推《情人的眼淚》、《不了情》和《魂縈舊夢》。高舉酒杯，萬舐輕嘗，細聽低吟，舊夢常繫我心胸。老闆娘名 Rose，五十歲左右，長姚身子，少許皺紋，無損風韻，柳腰凫臀，猶存春情。望著我盈盈笑，誇我有一身雪肌，纖手輕撫我臉。撫一下，賞啤酒一杯。沒問題，日行一善又何妨！

五十多年後某天，二姊夏丹出示一張照片，十二人，或坐或站，劉家三花：夏丹、劉韻、華娃並肩坐，再點人頭，有姚莉、陳蝶衣、李厚襄、秦燕夫婦、攝影師金英、黃霑、慎芝、關華石夫婦。劉氏三姊妹，年輕貌美，夏丹頭插艷花，我說風情萬千，二姊笑言：「小弟，這是嬌柔。」二姊呀，你的《我要你忘了我》，幽怨悲愴，重聽過千遍，結果忘不了你。她咭咭笑：「小弟，你可不曾看到過我在台上唱歌哩！」呀！不必目睹，只要閉上眼：先是蛾眉螓首，雲鬟斜亸，繼而嬌眼迤斜視，笑靨如花，終至台下周郎盡折腰，對不？

說五大天王，姚敏、王福齡，人盡皆知，倒是厚襄阿哥，知者不多。他是我母同鄉，寧波人，濃眉虎眼，賊骨挺硬，英姿颯颯，有男人味兒，中國歌后張露喜之深，小雲雀顧媚誇他帥，使君獨愛嬌妻秦燕，不必旁人來說媒。我聽阿襄哥名曲，始自白光《秋夜》，一曲成痴，陸續聽了他的《郎是春日風》、《你真美麗》、《聽我細訴》，旋律低迴，感情悠揚，中西合璧，以為當是音專高材生，原來跟老兄弟姚敏一樣，無師自通。姚莉姊曾說過：「我大哥從未學過音樂，但是一聽就懂。」這就是天份，姚敏當過戲院帶位員，看著螢幕上百老匯音樂劇，入了迷：沒錢，只好買一台兒童小鋼琴，回到家裏，按心中記得的，「do、re、mi、fa、so」地彈，迅即成曲。李厚襄也一樣，整天想音樂，音樂也想他。難怪姚敏說：「阿襄哥是鬼才！」鬼才不享永壽，七三年病逝，年僅五十七。「愛上夜愛上夜，更愛皓月高掛的秋夜，幾株不知名的樹，已落下了黃葉，只有那兩三片，那麼可憐在枝上抖怯……」秋夜聽《秋夜》，滋味在心頭。

神一般的填詞人慎芝

在香港，慎芝之名並不顯，兩地相隔路睽違，那不出奇，可愛歌的你，大抵聽過美黛的《意難忘》、冉肖玲的《藍色的夢》、湯蘭花的《負心的人》、青山的《情難守》吧？我要告訴你，這些妙詞佳句俱出自小廣東慎芝女士之手。余友劉鐵嶺教授說過：「沒唱過慎芝歌，不算名牌角兒。」六、七十年代，慎芝紅透半邊天，歌星唱到她的歌，立即紅火。劉教授嘗言：「慎芝詞當然好得沒話說，可造就成神一般的地位，是她策劃了《群星會》這檔綜合性音樂節目。」六二年十一月八日台視播出《群英會》，一班首屈一指的歌星：青山、婉曲、謝雷、張琪、姚蘇蓉、鄧麗君、湯蘭花、閻荷婷、包娜娜、冉肖玲等挨次登場。可以說，凡數得出名堂的歌星，盡成網中人。《易經》云「盈則虧」，天下事，豈能盡如人願？風雲際會之時，厄運來，八二年，子急逝，翌年，夫隨之而去，慎芝飽嚐打擊，八八年一病不起，得年六十，歌迷同聲一哭。

慎芝所撰芸芸歌詞當中，我最喜《藍色的夢》。翠谷樓頭，冉肖玲低唱——「昨夜的一場藍色的夢，夢中的一切多迷濛，清晰的只有你可愛的笑容，那笑容使我不覺心動……雖然今朝夢已成空，隨寒月一去無蹤。但願今夜夢裏重逢，讓我再傾送情衷……」嬝嬝餘音久未斷，顧曲周郎今亦老，情衷無處訴……秋夜，五十年前的夢，又現眼前！豈是一個愁字所可解！

（前左起）劉韻、夏丹、華娃、關華石、慎芝；（前右起）姚莉、陳蝶衣；（後右起）李厚襄、秦燕、黃霑、金英（圖：夏丹提供）

南巴大戰原是夢一場

「張子岱（阿香）直線傳給張子慧（阿平），阿平扭動蛇腰……扣過羅桂生，起右腳勁射，劉建中（劉抽）飛撲不及，嘓波（足球）應聲入網，呵呵呵——」電台傳來大聲公葉觀楫（大聲葉）獅吼虎嘯，接著全場爆出球迷如雷掌聲、喝采聲。這是六十年代星島對南華的一場球賽，在掃桿埔大球場舉行，全場爆滿，插針無隙，據統計有近二萬五千球迷入場觀戰。小兒郎猶在求學，無錢買票看，只好躲在家裏，耳貼收音機，聽香港電台葉觀楫、盧振喧（原子塵）的現場轉播。

大聲葉、原子塵乃當年最負盛名的球評家，尤其是大聲葉，聲如洪鐘，陳述生動，遇緊張刺激時，大力拍枱而起，用高八度嗓音大喊：「好——波！」震耳欲聾，聲撼屋瓦，緊扣球迷心弦。後繼者不多，怕僅何老鑑（何鑑江）、鍾志光等二人。大聲葉講評足球屢有金句，其中以「去了天后廟賀誕」、「荷蘭炒粉」最為眾知。生前接受訪問，評論香港球壇各足球健將：「在我心中能稱球王者，只有李惠堂和張子岱（阿香）。」有人提姚卓然，對曰：「腳法秀麗，技術全面。」言下之意，距球王尚差一線，今之足球首重體能、身形，姚略遜。惟李惠堂獨喜姚卓然，讚彼：「控球純熟，路數縱橫，傳球準確。」由是可知姚卓然實是中場指揮官，而張子岱則為衝鋒陷陣的射手。

六十多年後，張子岱語我：「香港足球其實並不差，球員技術有水平，只是體能不繼，拼起來吃虧。」阿香年輕時曾效力黑池，初到貴境，參與操練，耗力之巨，不勝負荷，跑到場邊喘氣、嘔吐，險些兒賣棹歸港。暗忖：香港人不能丟臉，咬實牙根，捱了下去。過得一段時日，漸次適應，不練不快。回到香港比賽，技術、體能大有提升，因而斷言：「踢球要講體能，無體能，技術發揮不出來。」

五、六十年代，香港有東亞足球王國美譽，日本、南韓皆臣伏腳下，一場球賽，強隊對陣，萬人空巷，紅旗飄揚。其中最有名的戰役，當推南、巴大戰。南指南華，巴是九巴，當年兩隊名將如林，南華有姚卓然、何祥友、莫振華、黃志強、李育德、劉儀、郭錦洪、郭有、梁金耀、盧松江、劉建中；九巴亦不遑多讓，數人頭，有：衛佛儉、陳志剛、司徒堯、劉志炳、周少雄、周志雄、劉志霖、劉添、劉繼照、羅北、王照保等，旗鼓相當，因而兩雄相遇，球迷蜂擁而至。每屆對賽前夕，打黃昏起，球迷湧上加路連山道，在大球場門外排隊購票，由天黑月升，至早上朝陽初現，通宵輪候，球迷不憚身疲，但求一票。當年球票分一元二角和二元四角兩種，供不應求，有人高價認購，往往炒至一票十元以上，依然搶手，於是引起黃牛黨為爭球迷，大打出手。

南巴大戰，一般人都以五五波視之，實則是六、四或三、七分，南華總是佔優勢。十場賽事裏，南華起碼贏五場、平手兩場，九巴僅能勝三場。有人作過統計：南、巴對陣以來，南華勝出三十九場，九巴只有十一場，可見實力微有差距。九巴名宿、年逾九十的劉添亦承認：我們打不過南華。當年聯賽有十來隊參與，實力超群者，只有南、巴一對死敵，鷸蚌相爭，無人得利。星島雖有張氏、馮氏兄弟壓陣，整體實力仍不足抗衡南、巴兩勁旅。

滑稽趣怪的球員綽號

當年有名的球員都有綽號，有些起得甚為滑稽趣怪，黃志強叫牛屎、莫振華曰牛仔、劉建中是劉抽、小黑姚卓然、大黑何應芬、蝦仔郭錦洪；張子岱小名阿香、張子慧叫阿平、釘仔劉志霖、大口北羅北、周少雄名周喪、陳志剛為陳喪，衛佛儉稱新攝鐵手，以別攝鐵手包家平，區志賢靈巧，冠小白兔之名，黎寶忠最教人怕，綽號殺人王。球迷熱誠，往往只叫綽號不呼其名。球賽進行中，球迷鼓掌打氣，往往高聲喊：「牛屎，落底線啦！」「阿香，射啦！」「小黑，過佢啦（盤過對手）！」「蝦仔，行住佢，咪畀佢過（阻止對手過防線）！」「劉抽，擋住擋住！」喊聲、打氣聲，激勵球員士氣，增添球賽氣氛，廁身其中，入了瘋狂世界，煩惱俱忘。

南華球迷最多，每勝出，球迷歡喜若狂，齊聚集球場門外，俟球員魚貫出，即湧前，抬起球員，吶喊歡呼，以姚卓然、黃志強最受歡迎；有虎背熊腰球迷，以騎膊馬（騎脖子）形式，背起姚卓然、黃志強、莫振華、何祥友等四條煙（四張王牌），一路走回加路連山南華會球員宿舍。沿途球迷，有打鼓者、敲鑼者、吹喇叭者，鼓樂喧天，直插雲霄。萬一南華失守，球迷如喪考妣，肅立路旁，鴉雀無聲，間或有掩面啜泣者，神情之悲之苦，教人心酸。今日，香港足球有如王小二過年，一年不如一年，何日光輝再來？有誰知道！

時光荏苒，我已古稀，現代球員，識者寥寥，「世事一場大夢，人生幾度秋涼」，南巴大戰就是過去的一場夢！

《長鳳新》領導電影潮流

金風颯颯，秋天到來。七年前春日，跟李炳宏大哥相聚於將軍澳餐廳，咖啡一杯，閒聊「長（城）、鳳（凰）、新（聯）」的光景，歷歷在眼前。李大哥，潮州人，卻有燕趙漢子的爽朗、上海小開的靈巧，正是談天説地好對手。當年寫了一篇文章，這樣説道：「能跟老哥相見，緣起自許培慶先生贈佛經，去電致謝，培慶道：『沈先生，你寫的影事文章，只涉『邵氏』『電懋』，未及『長城』，實有厚此薄彼之嫌！』一聽，話中有意，回道：『閣下有甚麼看法？』培慶説他表哥李炳宏是『長城』舊人，熟悉『長城』軼事，有機會一聚，定必傾囊相告，於是有了初春的晤談，快慰平生。」一別七年，未曾再晤，而培慶亦已去世。

六十年代，香港國語電影票房最好的並非「邵氏」、「電懋」，而係左派「長城」。三大名旦夏夢、石慧、陳思思撐起半邊天；男角傅奇一人扛大旗。幾乎每部電影的男主角都是傅奇，憨厚樸實，身形高大，演技平實中見真摯，乃影壇罕有的喜劇小生，大抵只有「邵氏」的陳厚可與之匹敵。傅奇、石慧夫婦極關顧李大哥，出遊必攜彼同行，李大哥因而省回不少飯錢。當年「長城」是大家庭，上下一團和氣，無階級之分，主角、配角，一律姊弟兄妹相稱。八十開外的李大哥慨嘆地說：「那年代，一切平等，大明星客客氣氣，沒耍大牌。」

我欣賞夏夢，多問了。李大哥回說：「夏夢是一個好人，不過在男人眼中，她是一個木美人！」木美人？我傻了眼，怎個木法？「不拘言笑，不愛交際，長年活在幸福中。」李大哥說出心底話。許多人都說金庸追求夏夢，其實只是暗戀，夏夢不曾動過心。夏夢一生中，只有過兩段感情，其一是跟導演岑範，郎有情、妾有意，可惜六十年代中期，岑範要回國建設，夏夢無法追隨，愛情夭折。第二段嘛，開花結果，下嫁商人林葆誠，成就一段美滿姻緣。夏夢十指不沾陽春水，永遠沐浴在甜蜜蜜的愛河中。

妹妹楊潔直言：「姐夫一直當我姊是寶貝，千依百順，呀，我姊委實太幸福了！」晚年蟄居半山松柏新村，老傭服侍，妹妹相伴，世上的所有痛苦皆拋棄了她。

樂蒂的坎坷情事

「鳳凰」是「長城」的姊妹機構，「長、鳳」一家親，當家小生高遠是左派影圈第一美男子，獲不少女星眷戀，初入行的樂蒂對他一見鍾情，惜乎郎心已向寧波美人陳思思，浦東小妮子神傷失落，改投「邵氏」，投出了彩虹，《倩女幽魂》、《梁山伯與祝英台》造就了古典美人，炙手可熱；反觀那邊廂，陳思思日落星沉，黯然無光。未幾，樂蒂婚姻觸礁，跟陳厚離婚收場，偶逢舊愛高遠，愛火重燃。六十年代中，內地政治運動勃起，「長城」無戲可開，影壇伯樂吳思遠拋出橄欖枝，邀高遠、陳思思夫婦拍攝古裝武俠電影《瘋狂殺手》，以為鴻鵠將至，豈料票房慘淡，吳思遠幾乎陷入瘋狂。事業低迷，生活鬱結，夫婦情自變，高遠投入樂蒂懷抱。男人不可無業，樂蒂愛郎心切支持，出資搞生意。高遠是拍戲料子，做生意一塌糊塗，心中有鬼，避見樂蒂。人財兩失夜難眠，伊人只好倚安眠藥尋夢，愈嗑愈多，終至心臟停頓，香消玉殞。美人辭世，陳厚背上罵名，上海女影迷罵他「殺千刀」（壞蛋）。

「鳳凰」除高遠外，小生還有我的老哥翁午，英偉挺拔，岸然俊朗，卻不大愛做明星：「阿弟，我不是演戲材料呀！做做渾哥還可以。」噪音輕，我聽作「做做渾蛋」還可以。他的興趣是修理機器，我的舊老闆俞志剛說過，有機器出毛病，找翁午，包妥當。修理汽車、攝影器材，一把手，無人出其右。其實「鳳凰」也有名旦，朱虹、韓瑛皆是可喜娘兒，欠運，成不了巨星。

中聯與新聯的異同

「長、鳳、新」中的「新」是「新聯」。不少人都把它跟「中聯」混為一談，的確有點淵源，但不盡相同。「新聯」先立，由北京出資，廖一原掌舵，始創於一九五二年，創業作《敗家仔》，張瑛、白燕、黃曼梨領銜主演。「新聯」拍戲方針中，標明——「提高粵語電影水平，雅俗兼並，貫徹社會主義思想，教化人民步向光明之途。」到八二年拼入「銀都」為止，前後拍了六十多部電影，其中以白茵、周聰、張活游主演的《蘇小小》最為哄動，上映時，戲院大擺長龍，一票難求。至於「中聯」，路線相彷，架構迥異，由吳二哥楚帆領頭，匯合白燕、張瑛、張活游、容小意、李清、黃曼梨等廿名粵語片演員組班而成，吳楚帆出任董事長，白燕為副董事長，前前後後，拍了三十多部電影，其中以改編自巴金的《家、春、秋》，最負時譽，三大名導，吳回、李晨風、秦劍，各展其才，相互較技，精采紛陳，堪稱粵語電影瑰寶。今大導、巨星俱逝，昔日光輝，唉，怕難再現！

六十年代文壇重鎮——二徐一胡

年輕時，雅好文學，五四作家，有名的、無名的，幾乎都讀過一遍，沙裏淘金，最喜郁達夫，曾仿其筆觸，在《星島日報》星辰版寫了幾個短篇，其中《離散》，我視之為得意之作（幼稚、太幼稚），今文已佚，水準何如？不得而知。喜歡文學，自不然醉心於文學作家，在香港，首個對象是徐訏。七五年我任職《大任》週刊，十月，老總孫寶毅派我到大會堂嘉頓餐廳採訪「大徐」徐訏，窗外花木稀疏，枯草匝地。徐訏穿棕色薄絨西裝、一根煙斗、一杯咖啡，談了半日。訪問完，當記之為文，竟要求讓他高徒莫圓莊執筆，明顯瞧不起我這小子，唉！「大石壓死蟹」（只能屈服），只好由它去。

後來才知道徐訏崖岸自高，總愛看輕人。香港文學作家當中，除了他的上海老朋友劉以鬯，沒一個人他看得上。訪問中，我提到黃思騁、傑克、徐速（小徐），嘿嘿冷笑，頗為不屑。如此冷峻自視，換來孤獨寂寞，朋友不理他、大學排擠他，他只能在九龍城的嘉林邊道上往來徘徊，自嘲：「這裏有上海法租界霞飛路的情懷。」鬱鬱不得志，寂寥有誰知？出版商黃冷找他搞雜誌，便是《七藝》，脾氣古怪，嚴氣正性，寧願霞折，難與人合，做了不多期，終於慘淡收場。經此打擊，徐訏健康漸壞，一病不起，八〇年十一月離世，享年七十二。

不在大徐眼內的小徐，在香港，名氣遠比徐訏大，徐訏的《風蕭蕭》，紅遍大江南北，在香港並不濟事，知者寥寥，大不如徐速《星星、月亮、太陽》般聞名，讀者千萬，長年穩居暢銷榜之首。電懋見獵心喜，拍成電影，起用三大名旦：葉楓、尤敏、葛蘭，配以當家小生張揚，哄動香港，我也成了座上客。徐訏也有名作《盲戀》搬上銀幕，李麗華、羅維、陳厚主演，劇情感人，賣座平平。

我認識徐速，緣自投稿。在報章《學生園地》一投成功，以小作家自居，百尺竿頭，欲進一步，轉投徐速主編、高原出版的《當代文藝》，滿以為必獲發表，豈料幾期後，仍不獲刊，心不息，再投幾篇，依然石沉大海。有啥理由？一時氣憤，衝上旺角彌敦道金輪大廈《當代文藝》編輯部問個究竟，接待我的是徐速太太張慧貞女士，一臉笑容，和煦可親，柔聲道：「你的文章，水平還不到家……」說到這兒，打一個房間，走出一個漢子，正是徐速，個子不高，身形微胖，一臉憨厚，看了我一眼，問道：「你就是藍尼吧？（我那時的筆名）我還以為是女孩子呢！你的文章，構思不俗，只是文筆有點沙石，以後多看，多寫，繼續努力！」語多勉勵，脾氣發不來，怏怏告退。回家後，猛啃知堂老人散文，臨摹老人筆法，寫了一篇《屍骨》小試，不到兩期，竟給刊了出來。可不知是自己有了進步，還是徐速憐憫我？且不管他東西南北風，自此信心大振，連《中國學生周報》、《蕉風》、《文壇》也敢去敲門了。（多吃閉門羹。）

不旋踵，徐速從大埔搬回市區，在鰂魚涌我家附近的英麗閣住下，跟我成為鄰里。我許多時去串門子，打牙祭。徐宅是三房兩廳的大單位，有一個書房，放上一張大木書桌，徐速每日伏案於此，出版社的事務統交徐太太處理。某個早上，我在徐家飯廳吃早餐，粢飯、豆漿，吃得津津有味。徐速告我正在撰寫長篇小說《媛媛》，講得手舞足蹈，眉飛色舞，看來對這篇近作充滿了期盼。我舉起豆漿杯向他恭賀，祝大作暢銷，徐速爽朗大笑。《媛媛》我只看了幾期，便打住。那時我閱讀的興趣變了，極度沉醉於日本現代文學，徐速那種傳統式的寫法，已不合我脾胃。怕再問我對《媛媛》的看法，少去了徐家。

徐速脾氣大，跟萬人傑（陳子雋、俊人，小說家）因為密碼詩打筆戰，而氣難平，後來萬人傑揭他成名作《星星、月亮、太陽》，是抄襲姚雪垠的《春暖花開的時候》，徐速更是積鬱在心，患上高血壓。八一年八月某日寫作時，突然暈厥，送院不治，終年五十七歲。徐速的老朋友作家慕容羽軍很為徐速不值，感觸地說：「老徐就是執著倔強，何必太在意，撐著病軀筆戰，結果害苦了自己。」（註：這點跟魯迅頗相似，奮起應叛徒徐懋庸之挑釁，終致一病不起。）

六十年代香港文壇，直是司馬長風（胡靈雨、秋貞理）的天下，各大媒體都可以看到他的大作。司馬長風乃多面手，散文、政論、翻譯，出色當行，金庸很看重他。司馬長風諳日文，正動手翻譯竹內實教授的《茶館》，某日電我，相約在北角金都餐廳喝咖啡。甫見面，蒙古大汗伸出蒲扇巨掌，緊握我纖手，哎喲哇！痛徹我心脾。從黃俊東（《明月》副編）那裏聽得我也懂日語，便想我協助他一起翻譯《茶館》，哪敢，我的日文水準平平無奇，婉言推卻。

司馬長風那時住在繼園臺，環境清靜，最宜寫作。工作量大，早上寫報章、雜誌稿件，下午小休後、隨即編寫《現代中國文學史》，找資料，對比正謬，非常費神。他寫稿，速度飛快，不久，《文學史》第一集便寫了出來，卻招惹不少文壇學名宿的詈語，甚至有海外學者批評他寫得空洞粗疏，教他非常煩惱，曾對著我說：「小老弟，算啦！我可不管它，我寫我的。」勸他多休息，他又說：「沈老弟，胡大哥身子壯著呢！放心！」

那是他的一廂情願。八〇年五月赴美旅遊，一下飛機，就暈了過去，拖延至六月，無言別去。秋天到了，想起秋貞理的散文，怕是時候再看看了！

「密碼詩」之爭

和風細雨，斜陽黯淡，想起前輩徐速，謝世四十一年，慈容善貌，揮之不去。彼為江蘇宿遷人士，行旅出身，剛猛正直，嫉惡如仇，遇事不懼，愛護青年，義無反顧。青年卻不容於他，甚而向他擲火棒。當年率眾施襲者是青年詩人蔡炎培、李英豪和岑崑南，看不慣徐速詩集《去國集》過於平實，囿於傳統，不合時流，公然討伐。六十年代末期某午，一眾青年，聚集於茶餐廳，龍門陣擺開，齊評徐速新詩，你一言，我一語，鑠口成金，出版《詩朵》，發表文章〈開除徐速詩籍〉，以之祭旗。看到這篇文章，徐速氣得七孔生煙，生平何曾遭此侮辱？小屁孩確也太猖狂了也！

一九六九年《新晚報》副刊有篇〈啼笑皆非的社會調查〉文章，指南洋大學一百八十名學生選出二十個最喜歡的作家，魯迅佔第一，徐速佔第六，其餘如曹雪芹、羅貫中、高爾基、屠格涅夫、托爾斯泰等皆落其後。文中云「這排行第六的作者是誰？原來就是《星星、月亮、太陽》的作者……」言語刻薄，暗諷徐速名不副實。年輕詩人看了這篇文章，更瞧不起徐速，就有了開除詩籍之舉。徐速急跺腳，問教於老朋友慕容羽軍，勸他說：「開除詩籍嘛，他們還未具備主宰詩國的資格，一經回應，表示你也跟他們沒頭沒腦的胡鬧了。」徐速接納了慕容羽軍的意見，不贊一詞。岑崑南、蔡炎培都曾在慕容羽軍主編的《中南日報》副刊投詩稿，跟慕容相得，私交很好，創辦《詩朵》，開除徐速詩籍，慕容羽軍站在公正立場，認為他們做得不合理，若說徐速的詩有甚麼不對處，應拿出來公開批評，不該任性行事，理正詞嚴，蔡炎培等欣然受教，一場風波，消弭於無形。

一波未平一波又起，六七年，《當代文藝》發表了一篇林筑寫的新詩〈曉鏡——寄商隱〉，詩頗長，節錄數句以見其概——「一切是魚是鳥飼料是最玄的女體／、重新趺望背壁的觀音／、但那時我已沾惹離情的空氣／、花鈿委地戰雲生／、確是因妾髮為子結／、確是廣陵人散生五侯煙

／、飲馬長城窟／、緩帶小重山／、照過千古的顏色都是物／、明珠非淚影／、錦瑟莫調笙／、一切是魚是鳥是最玄的女體／。」，本無人注目，豈料《萬人雜誌》的作者宋逸民以〈密碼派詩文今昔觀〉為題，撰文恣意批評：「這首詩雖然是用中國字寫的，每個字我們都認識，但組成句子之後卻每一句都看不懂。」還一一道出其難解之處，文章充滿火藥味，對抽象的現代詩可說是大大不敬。

《當代文藝》主編徐速一看冒火，基於維護選稿人和作者的尊嚴，奮起作一文〈為密碼辯證並泛論現代詩的特性及前途〉力斥其非，說明：「此詩不屬密碼，用詞造句，極為清晰。」旁徵博引，為詩作辯解，還教原作者林筑寫了一篇〈曉鏡的創作動機〉作為回應。哪知道非但不能熄火，更引來強烈還擊，《萬人雜誌》主編萬人傑也為自己作者叫陣，並在《星島晚報》專欄砲轟徐速，戰火瀰漫，激烈異常，於是質變思歪，不再是文化爭論，而係兩個刊物的火併矣，此便是六十年代哄動一時的密碼詩論戰。

這裏不妨談談論戰當中的人物，《萬人雜誌》主編萬人傑，原名陳子雋，筆名俊人，六、七十年代，香港知名的言情小說家。六七暴動後，創辦《萬人雜誌》，炮轟共產黨，成為反共專家，擁有粉絲無數。至於另一主角林筑，原名蔡炎培，一生愛作詩，是我的好朋友，六十年代，投身報界，成了《明報》副刊編輯。搖頭擺手，大叫冤枉，道：「我非編輯，只是校對。」自封北角蔡校書，並以校對金庸武俠小說全集洋洋自得。炎培是一個性情中人，率真放任，嗜酒如狂，辦公時，桌上必置啤酒數罐，一面校稿，一面喝酒，至醉態可掬，放聲誦詩，人不以為怪。一夕跟作家王亭之當著夜街，就唐詩宋詞新詩爭論，結果為王亭之所服，感觸之餘，伏地向王亭之跪拜，並說：「王亭老，我蔡炎培服了你。」隨之沿街奔跑，今天不回家。

徐速陷入抄襲疑雲

上文說過《新晚報》副刊作者深苔稱徐速為亞洲最受歡迎作家第六

名，似是捧場，只是跟著筆鋒一轉——「徐速名著《星星、月亮、太陽》乃是抄襲抗戰時的一本小說《春暖花開的時候》的東西，但是抄得比原來小說差多了。」嘩，這還了得？有如千支針刺在心，徐速渾身哆嗦。死纏爛打、尖刻刁鑽的萬人傑，哪能放過天上掉下來的餡餅，於是高價徵求《春暖花開》原書，並發表長文，指《星》書抄自姚雪垠的《春暖花開的時候》，務求把徐速打入十八層地獄，永不超生。抄襲事件自然比密碼詩論戰嚴重得多，密碼詩為個人作品，挺身而出，只係仗義執言，有榮無辱；可抄襲就不同矣，是切身問題，有損名譽，若不妥善處理，不獨多年來辛勤所得的名與利，付諸流水，且會為千夫所指。思前想後，徐速不得不抖擻精神，投入戰鬥。此戰驚心動魄，精采刺激，下篇再敍。

徐速與萬人傑的筆戰

當年鬧起《春暖花開的時候》一書抄襲事件，雙方厲兵秣馬，斧鉞相碰，鬥得不可開交。聲聲力指徐速的《星星、月亮、太陽》抄襲嘛，《星島》編輯、《萬人雜誌》主編萬人傑（小說家俊人、陳子雋）自得列出確證，《春暖花開的時候》是首選，篤篤撐，鑼鼓響，千方百計搜集、徵求，欲把徐速送上斷頭台。行旅出身的徐速暗忖：這還了得，不好好對付，陣地必全失。知悉老友慕容羽軍手邊正有此書，相約午茶。餐廳相聚，精伶慕容早已知此約因由，示意有言直說。徐速打開天窗說亮話，懇求慕容將書交與他。慕容道：「我的確有這本書，但我有個原則，我的書絕不會借給別人。」這番話讓情緒奔騰的徐速，一下子安定下來，口喝咖啡，嘴吃蛋糕，繼而握手道別。那邊廂萬人傑亦從他處打聽到慕容有此書，托了慕容老友盧文敏到來借用，慕容回答：「幾次搬家，這本書也在丟失之列了！」兩個答案不盡相同，可見主客有別，誼分輕重。

你不借，萬人傑有法子，從別處高價覓得《春暖花開的時候》，遽引原作，指「兩者都用星星、月亮、太陽，象徵三位女性的性格，實在過於巧合，足見徐速有抄襲嫌疑」。徐速不幸遇到八爪魚，給纏急了，欲訴諸法律求解決，友人勸之曰：「一上法庭麻煩多多，尋且律師費不菲，萬一敗訴，還得兼付堂費，那可是天文數字呵！太不划算！」徐速幾經思考，一字記之曰「忍」，接受此議，啞忍下去，以為黑夜去後黎明來。惟對方仍舊盲打胡搞，不罷不休。好個徐速，人急智生，想到向《星島日報》高層施壓。

當年《星島》老總是鄭郁郎，一身長衣，三柳鬍子，恍如魏晉中人，表面總攬報務，背後則由老板胡文虎親信袁綸仁統籌一切，因社論過於平鋪直敘，欠缺張力，禮聘徐速好友徐東濱打點所有社論。正是天降喜訊，徐速看見了太陽，乘著星星、月亮瀰漫天空之夜，即向徐東濱言明來龍去脈，自己如何受屈，冀能賜援。徐東濱一聽，虎嘯一聲，立馬幫忙，敬叮囑徐速回家，即寫一篇長文〈《星星、月亮、太陽》寫作經過〉，刊在萬人傑《星島晚報》專欄上，這就是說萬人傑的專欄要停筆數天，讓他的敵對者在自己的地盤裏盡情辯白。媽的，你辯白，我蒙冤，萬人傑，怒氣難平，移師《萬人週刊》，繼續攻訐。

徐速一擊得手，部署下著，先在《當代文藝》宣布結束筆戰，隨之出版《太陽神》迎戰，雙方力邀慕容羽軍助陣，慕容左右做人難，只好抱拳謙讓，兩皆不幫。適值六七暴動，市況蕭條，慕容所辦雜誌全部滯銷，遂乘時離港避難去也，行前規勸徐速：「與其糾纏不休，何不寫一部比《星》書更好的小說來堵天下悠悠之口呢？」徐速從其言，將短篇小說《櫻子姑娘》改寫成長篇，水準尤在《星》書之上。一年後，慕容重回故地，方知徐、萬二人仍然相互角力，先後重印《春暖花開的時候》，不同的是：徐在辯白；萬在指證。經年累月的相鬥，雙方都落得筋疲力盡，精神頹靡，同時興起：「不如歇歇吧！」炮聲漸滅，徐速在各方友好勸告底下，從夫人張慧貞女士之言，從市區搬往大埔小休。清風明月，白泉奇花，難澆心中塊壘，徐速鬱鬱寡歡。

七十年代末，離徐速棄世前二年，我曾經跟他有個一趟長聊，其時，徐速早已不寫小說，專注隨筆，發表於《明報月刊》，溫煦如春風，醇厚似美酒，和祥寬容。說真的，我愛他的雜文遠多於他的小說，只是不便明言相告。聊呀聊，不其然聊到六十年代密碼論戰和抄襲風波，年近花甲的徐速感觸地嘆了一口氣，低低道：「我怎會抄襲呢，那是毫無必要的，不過我承認看過姚雪垠的書，很是欣賞姚先生用星星月亮太陽來代表三位女性的性格，的確別緻，碰巧要寫新小說，下意識地引用了同一概念，以中、日戰爭為經，三位女性跟一位俊男的情緣為緯，加以鋪陳，望能引起讀者的興趣。唉，想不到……」眼睛微閉，頭向椅背靠，一臉無奈。

作家必定受前人影響

我粗略看過《星星、月亮、太陽》，卻不曾看過姚雪垠的《春暖花開的時候》，無從比對，難以月旦。但我相信徐速的人格，絕對不會照抄。日本文學評論家權田萬治曾對我說過——「一個作家的成長，往往會受到上一代作家的影響，在創作時，偶會想起某種橋段，加以引用，這只是潛意識作祟，不能斷之為抄襲。」姑且說說金庸吧，《連城訣》明擺著受《基度山恩仇記》的影響，我們能說這是抄襲嗎？只是萬人傑不明此理，於是執拗地一口咬定「抄襲」，驚天巨浪給掀起，徐速這隻小舟，在汪洋大海中，何能抵禦？身心俱疲，血壓高升。

聊完，已近黃昏，鄰家犬吠，告辭。徐速送我到門口，緊緊握手，互道珍重。八一年八月中，徐速伏案時病發，享年僅五十九。因此有人埋怨說徐速之死，跟萬人傑死命相纏、咬著不放有關。我只可以說中國文人相輕，歷代有之，於今為烈。無獨有偶，不到十年，平安夜，萬人傑坐在客廳沙發上仙去。現世兩冤家到了天堂相見，可不知還會不會臉紅耳赤地，再來一場熱哄哄的論戰，要求天主仲裁呢？

李翰祥的遺憾

李翰祥招手讓我走到他身邊：「沈先生，你過來幫忙看看！」所處之地，是從貨櫃改建成的剪片室，在李府天台。那天，我代表《大任》週刊去訪問李翰祥，話匣子尚未打開，已給他一把拽上樓。在幹啥？剪片唄！開新戲了？不不不！搖搖頭道：「前幾天試了十來個新妞兒，有三四個還不錯！」五分鐘細問端詳，方知自白小曼死去後，李大導急要找拍風月電影的理想人選，由是四處招聘，勉強挑出四位小妞，亮亮眼目。一邊看，一邊述往事。

七二年李翰祥結束台灣國聯，回到香港，重投邵氏，拍了許冠文當男主的《大軍閥》，大獲成功後，決心開拓風月電影。某天在半島酒店大堂咖啡室看到一位天姿國色的少女，為其獨特氣質深深所吸引，不揣冒昧，親自過枱邀拍電影。少女爽快地答應了。少女正是白小曼，可憐的小曼一生只拍了一部電影，便是李翰祥導演的《聲色犬馬》。電影公映後，盛況空前，聲名蒸蒸日上，卻因裸照事件抵不住惡勢力的威逼而自殺。這可打亂了李翰祥一系列風月電影的拍攝計劃，自此每日為物色白小曼的接班人煩惱。

李翰祥剪片功夫真不賴，運刀如風，「嚓」的這裏一刀，「卡」的那裏一剪，接住又駁上去，不到十分鐘，大功告成。「沈先生，你看看，三挑一！」我嚇了一跳，何德何能，膽敢越俎代庖？李翰祥拍拍我肩膊，笑道：「你是局外人嘛，會客觀一點，我是局內人，容易有主觀的偏見。」硬著頭皮看片子。三段片子，三個女人，風姿綽約，各有特色，二十分鐘看完，我指著第二段片子說：「導演，這個不錯！」李翰祥點點頭，哈哈笑：「小沈，你有眼光！」也許他心目中早已認定了她，既然英雄所見略同，改口親暱地叫起我「小沈」。這位女演員後來真的成為了《風花雪月》的女主角，她便是一代艷星余莎莉。（抗日名將余程萬女兒）

開了個端，偶然我會到李府松園作客，庭院花木扶疏，綠蔭蔽日，走在院中，也不覺熱。李翰祥除電影外，最鍾情於古董，拍戲所得，幾全花在古董上。大廳右角落，有一個烏漆墨黑舊鐵盆，放水其中，雙手握住盆耳，左右搖晃，會盪起水珠。李翰祥打趣說：「你看像不像劉鐵雲筆下所說的『大珠、小珠落玉盤』？」李翰祥專精清代古典，小說看遍。大廳東西兩邊，全是古董，宋瓷、明壺、山水、字畫，琳瑯滿目，美不勝收。錦州漢子老實率直，告訴我一段故事，聽得我幾乎翻倒。某年除夕，李家四壁蕭條，無以舉炊，李翰祥只好把家裏古董賣掉應付年關。豈料舊古董剛出手，卻在店裏看中了另一件古董，抵不住誘惑，把手上的錢又買了新古董。回家，老妻張翠英攤開雙手要錢，把捧著的古董，朝老妻手一塞：「我換了一件寶貝，錢嘛，你看著辦！」張翠英氣個半死，沈西城笑破肚皮。

李翰祥的誼弟胡金銓，從不服人，只服誼兄，他曾告我：「翰祥最了不起的地方，就是能把電影拍得雅俗共賞，他的風月片，注入不少民間習俗，素材豐富，教人看得津津有味。還有，他的古裝電影也是無人能及，小小一個影棚，卻能拍出森嚴恢宏的氣勢，那可真了不起呵！」

李翰祥很講義氣，我家徒四壁，就叫我幫他抄寫劇本，給點閒錢花花。有一回，帶我去一個宴會，介紹林雲大師相識。那是在尖東富豪酒店地牢的一個貴賓室，大約七點多，門打開了，走進一個微胖中年男人，後面跟著一大群女士，正是繁花簇擁，群芳護駕好氣派。李翰祥把我拉到他的身邊坐下，要我盡吐苦水。林大師聽了，笑一笑，沒半句話，轉頭跟身邊美女秘書輕輕説了幾句，就拿起酒杯自顧自地喝酒了。納悶當兒，秘書一身香氣走到我身邊，俯身輕説：「沈先生，大師交代，你回家在灶頭上掛一個繫紅線的風鈴，線要九寸長，這樣就可解厄——」正欲再尋問，秘書朝我一笑，靈魂飛上天，説話嚥回肚。耳邊又響起銀鈴似的嗓音：「還有，大師要你在床底下放一面鏡子，這樣嘛，對你的胃有好處！」神了，大師怎會知道我胃有不妥呢？回家照做，效果如何？你們猜猜看！

八十年代，中國內地開放，李翰祥帶頭回去拍電影，《垂簾聽政》、《火燒圓明園》、《八旗子弟》、《火龍》都是他的代表作。九五年夏天、在尖沙咀漢口道一家銀行巧遇李翰祥，告訴我正跟劉曉慶合作拍攝電視長劇《火燒阿房宮》，他拉我去喝咖啡，言談中道出對不能開拍《末代皇帝溥儀》的不滿，那是他畢生的遺憾。喝完咖啡，握手道別，哪料，竟成永訣。翌年十二月二十七日，李翰祥在北京心臟病突發去世，從此，我們再無法見面了。

《李香蘭傳》無法成事

凡人總有缺點，李翰祥也不能免，八十年代，香港電影人吳思遠籌拍《李香蘭傳》，在東京跟伊人談好一切條件，以為鴻鵠將至，孰料，好景不常，禍起蕭牆，李香蘭突然通知終止合作。吳思遠氣壞，偵騎四出，八方打聽，探子最後回報：「李小姐要跟李翰祥合作。」雙李合璧，真能成事？結果，拖拖拉拉，灰飛煙滅。日本人素重言諾，李香蘭此舉，實屬罕見，而李翰祥那種橫刀截劫而又事敗的行徑，也可說是他一生中的污點。

一代名導李翰祥

胡金銓騙了我

說到大導演李翰祥，不能不提他的誼弟胡金銓，老北京，爽朗直言，仗義疏財，全身滿溢藝術細胞，李翰祥說過：「小胡如果拍戲沒那麼把細（仔細），速度快一點，成就一定會遠超於我。」確是肺腑之言。我認識胡金銓是在上世紀七十年代的某個夏日，在又一村的出版社，一個肥胖中年漢子匆匆闖了進來，第一句話便是要借電話，未待回話，已拿起話筒，嘰哩瓜啦講了一大堆。一分鐘後，掛上電話，打量著我：「戴天呢？」回說：「有事出去了！」這時認出了他，大名鼎鼎的胡金銓導演。用手帕拭額上的汗，問：「你吃飯了沒？」我搖搖頭。「好，咱倆一起吃去！」二話不說，拉我出門，跨上他的汽車，直奔尖沙咀 Lindys，於是我生平第一趟吃到韃靼牛肉。我素忌生冷食物，這牛肉吃進胃裏，滿肚生寒，甚是難受。就這樣，一趟偶遇，一頓午飯，展開我倆近二十年的友誼。

七五年，金銓的《俠女》獲頒第廿五屆康城（坎城、戛納）影展最高技術委員會大獎，消息傳出，香港文化界人士大為雀躍，戴天、胡菊人、黃俊東、翁靈文等人，羅漢請觀音，在銅鑼灣北京樓設宴祝賀。翁伯伯要我出席，我眼見出席者盡是八方俊賢，心有點毛，想不去，胡金銓一通電話打來：「小葉，我得了獎，你不來賀大哥，不打緊，可你今天晚上不來，定會後悔終生！」口氣那麼重，好奇心動，就隨翁伯伯去了。

一到酒樓，滿堂賓客，金銓一見我，一把拉住，壓低嗓子：「小葉，今晚你的夢中偶像也來了！」心一跳，難道她來了？我狐疑地望著金銓，他點點頭。我心裏直嚷：「胡大哥，小葉這廂謝你了！」這時，催入席的琴聲響起，金銓走過來，把我帶向靠近禮台的一席，甫坐下，就發現身邊已坐著一位女士，個子不高，紅粧未添，清如白蓮，見我打量她，櫻唇微張，淺淺一笑，噢！春風吻上我的臉！席間，循例有人上台致詞，盡是美言讚語，獨有戴天，先以國語怒罵胡金銓不懂賺錢之道，要他好好學把兄李翰祥的「快、美、棒」，最後用粵語作結，大聲喊：「小胡呀！你拍片呀，一定要快快趣趣（快手快腳），唔係呀，餓死老婆瘟臭屋（餓死老婆令家發臭）！」全場哄笑，而胡金銓笑得尤其厲害。那夜，金銓醉倒了。

胡金銓開心，我戚然，我猶未見到偶像呀，胡大哥騙人！在這裏不得不交代一下我的偶像是誰？便是那時台灣影圈最具風情的女明星李湘。我看李湘電影，是以《沙灘上的月亮》為始，合演者是馬永霖。李湘演女作家，憔悴精神，滿懷幽恨，慵嬾風情，讓我徹底沉醉。繼而又看到跟王羽合演的《一身是膽》，飾女歌星，受流氓欺凌，硬漢王羽出手相助，力挫惡漢，鐵漢柔情，嬌娃情動。從此，李湘倩影長駐我心田。

緣慳一面，悶悶不樂，過了幾天，金銓請我上去他沙田半山的家，石屋兩椽，天色暗淡，隱約可見院中有翠竹十餘株，錯雜蒔之，濃淡疏密，饒有情致。金銓見我駐步而觀，釋道：「你好有興致呀，這是喬宏跟小金子（喬宏夫婦）種的，我哪有這個時間！」雄獅喬宏對門居，相互照應。金銓的家，最多是書，滿枱滿地都是，除了拍電影，閒時專研老舍，讓我看了他不少剪存有關老舍的資料，接著說：「小葉，大哥叫你來，是有一件事請你幫忙！」我能幫上甚甚麼忙？金銓喝口茶，十五分鐘細說從頭。

原來，他要去韓國拍《山中傳奇》和《空山靈雨》，沒時間做文章，可他正為《明報月刊》撰寫老舍小說研究的連載，萬萬斷不得，他知道我懂日文，便要我從日本方面翻譯一些老舍資料，權充續稿。哎吔吔，嚇得小子冷汗直冒，狗尾續貂的事，幹不來呀，欲要推，他一拍手板，兩眼圓瞪：「大哥放心，你有啥不放心？俊東（《明報月刊》編輯黃俊東）會幫你找資料，你翻譯就行了！做人要有信心嘛！」哪還能推？跟著，他讓我看他手繪的《龍門客棧》storyboard，一幅一幅畫在畫紙上，線條剛健，人物栩栩如生，奈何我不貪婪，沒淘一幅當紀念，今悔之晚矣！

臨別，想起李湘，忍不住吐了幾句怨言：「胡大哥，那晚我可沒見到李湘呀！」金銓呀呀叫屈起來：「小葉，你瞎眼睛啦，坐在你身邊的不就是她嗎？」甚麼？她就是我偶像李湘？不大像呀！銀幕上的李湘，臉媚眉彎，眼光如醉，一代絕色尤物，豈會是靜坐我身邊的那朵沉默白蓮？別後沒再重逢。猶記得胡金銓曾告我生平有兩大心願：一是遊遍世界各國有名的圖書館；二便是研究老鄉老舍。其實我知道他還有個最大心願，就是開拍《華工血淚史》。為了這部電影，胡金銓默默耕耘十多年，也同時碰釘十多年。終於找到投資者了，準備一九九七年九月開鏡。開鏡之前，從朋友勸，到醫院作身體檢查，醫生叫他做個心臟導管手術。（註：此手術有危險性，余友雅倫方也因此平白失去了性命。）一椿小手術，取了大導演的命，宿願終未能遂。正是：大俠已乘黃鶴去，重九佳節倍思君。

英年早逝的胡金銓

胡金銓導演《龍門客棧》電影宣傳海報

知易行難話張徹

高山青，澗水藍，阿里山的姑娘美如水呀！阿里山的少年壯如山呀！——你是歌迷的話，一定聽過這首歌，原是一九四九年張徹導演的電影《阿里山風雲》主題曲，原唱是誰？你或會答我是鄧麗君！哈哈，錯了！也有人說是女主角吳驚鴻，非也，其實是由花腔女高音陳明律主唱，此歌作曲是周藍萍、作詞乃鄧禹平（經張徹修訂），由於版權列在張徹名下，長年以來，人人都以為曲、詞皆出自其手，張徹長年沾了光，誠是美麗的誤會。（註：黃霑力言張徹函他此曲出自彼手，有信為證。唯死前一直未有出示。）

初聞張徹之名，源自他的電影《獨臂刀》、《野火》、《大盜歌王》、《死角》、《復仇》和《刺馬》，而最鍾情於《刺馬》，江湖三兄弟，患難結交，因財失義，為情不和，快意恩仇，悲劇告終。電影由狄龍、姜大衛、陳觀泰、井莉領銜主演，狄龍初演反派，井莉改戲路，純情變放蕩，妖媚不下於恬妮，觀眾耳目一新。午馬最喜歡這部電影，想把它改為警匪片，囑我入邵氏影城試片室重看一遍，寫成故事。午馬早幾年已去世，想到與彼和孟海在仙宮樓嚐麻辣毛肚火鍋，啤酒滿桌，放浪對飲……唉！往事不堪提。

從電影到結識張徹本人，純出自友人林念萱的推薦，曾記其事云：「上世紀八十年代初某天，夏日苦熱，我在家中接到一通電話，來電者林念萱是我在佳藝電視的同事，他說『張徹導演想見見你，你有空，明天晚上八點請來油麻地富都酒店二樓貴賓廳。』第二天晚上依約去到酒店，身穿鵝黃筆挺西裝、襟口插同色袋巾的張徹跟他三位乾兒子鹿峰、江生、郭追早已在座。張徹一見我，第一句話就是『啊！那麼年輕呀！難得難得！』謙遜一番，張徹吩咐把預先叫好的魚翅、鮑魚送上來，邊吃邊聊。他說『多吃一點，這樣腦子會靈活，能寫劇本！』(吃飽，只會肚皮大，跟寫劇本有啥關係？)飽餐一頓，言歸正題，張徹堆起笑『把你請過來，是想請你寫個劇本，是關於日本忍術的！』張徹大抵看過剛不久前我在《大大》月刊上發表的一篇描述日本忍術的文章，以為我是專家才找我商議。」有錢怎會不賺，十日寫成劇本《五遁忍術》，交由張修訂。所謂「五遁」並不神秘，只是利用五行金、木、水、火、土等物體，擾亂敵人視線，脱身或殺敵。

電影拍攝後，我沒有看過，反而在拍攝期間，曾到片場探班。那天拍攝女主角陳佩茜的戲，佩茜默坐網中，剪瞳遠望，似在期盼。奇怪的是，她的眼神不知怎的總給予我一種詭異的感覺。一個鏡頭拍完，助導引介，認識佩茜，一見我，梨渦淺現：「你真了不起啊，大編劇家！」我臉一紅，自當編劇以來挨罵不少，聽讚的還是第一回。喜悦中，不忘謙遜：「哪裏哪裏，我只是隨便寫寫！」「隨便寫寫，也能寫出劇本，也太了不起哪，了不起哪！」一連兩個「了不起」，教我歷久難忘。她不知道，跟倪匡一樣，咱倆的劇本都經張大導大幅度刪削；剩下來的，不知有多少是屬於自己的。過了三年，廿三歲的陳佩茜在雲景道家中墜樓而死，聞者惋惜。影城邪氣重，自殺的明星不少，隨便一數，便有莫愁、李婷、林黛、樂蒂、白小曼、杜娟……陳佩茜只是其中一個可憐人兒。傳說影城從此鬧鬼，是耶非耶？不得而知。惟我每去，總會有心怵的感覺。

人人都說張徹學問浩瀚如海，不可測量，一手毛筆字，更是驚世駭俗，他曾經跟我分析過「進退」之道。九〇年某午，我在尖東富豪酒店咖啡室跟白髮蒼蒼、兩眼茫茫、背已全佝的張徹聊了半天，天南地北，從電影談到人生路，他說的進退之術，予我印象很深。他以自己為例，道：「我們做人要知道進退，我在台灣，（蔣）經國先生很倚重我，想我參政，我衡量時勢，知道以個人之力，並不可為，與其黯然離去，不如請辭，這就是『退』；到了香港，邵氏找我拍戲，我不敢託大，戰戰兢兢拍了第一部電影《虎俠殲仇》，成功了，就乘勝追擊，這就是『進』。」

於是，浪奔浪流，江水滔滔，一發不可收。《獨臂刀》破百萬賣座紀錄，再拍出《金燕子》、《刺馬》、《八國聯軍》等鉅製，影壇巨匠，捨張其誰？於是進退之術，長存我心，終於進進退退，虛名浪得。常言道：知易行難，張徹亦復如是，晚年拿了畢生積蓄（包括徒兒們總籌所得），入內地拍電影以圖重振雄風，身旁好友苦勸不果，結果一敗塗地，嗒然回港。從此日泊富豪咖啡館，夜棲邵氏小宿舍。

六、七十年代，張徹權傾影壇，氣焰萬丈，人皆懼之。七二年，年輕導演吳思遠拍《蕩寇灘》，起用新人陳觀泰任主角，拍得順利，尚有數天便告煞科，卻是禍起蕭牆，陳觀泰不見了，製片八方打聽，方知陳觀泰為張徹徵用，開拍《馬永貞》。吳思遠大驚失色，奔赴邵氏宿舍找張徹求援，說：「張大導演，陳觀泰拍我的《蕩寇灘》，還差一個ending，你可否給我一週時間，把電影拍完？」張徹咕咕笑，朗聲道：「不行！」吳思遠懇求：「三天，好不好？」仍搖搖頭。「一天！」吳思遠險些兒跪下來。張徹一擺手：「別說一天，打一個鐘頭都不行，哼！」天哪，得了甜頭，還要拿人家一把！吳快快離去。幸好，心思活，靈機一觸，起用自稱王羽弟弟、尚未成名的汪禹，蒙面作替身，瞞天過海，了無破綻。好人自有好報，《蕩寇灘》賣座一百七十三萬，成為吳思遠成名作。如今張徹去世廿年，問思遠有何感想？他搖搖頭，輕嘆：「過去了！」對，一切隨風！

追憶與李怡的交往

七十年代末，我的生活很困頓，盤飧不繼，幾乎連累女兒也捱著餓。電視台的工資交了房貸，所餘無幾，得倚寫稿維生，名氣不彰，地盤殊少，稿費又低，東拼西湊，不夠餬口，惟賴內子嫁妝抵押，支付生活所需。可一家三口，樂也融融，了無齟語。好友王學文辦了一家大道出版社，大道之行，天下為公，選賢與能……視我為賢能，給與助力，出版我幾本小書，不爭氣得很，銷路平平。

一夕，他介紹了一位朋友曰劉奕生的跟我相識，劉兄乃是天地圖書的發行經理，聽得我的困境，萬般同情，提議翻譯日本小說，交由天地出版。原來晏洲先生翻譯的松本清張名作《點與線》非常暢銷，食髓知味，劉奕生說翻一本松本清張的推理小說，不會賠本。我狐疑地問：「我行嗎？」劉奕生回答：「你不是翻譯過《霧之旗》嗎？港、台都賣得不錯！」王學文從旁幫腔：「沈大哥，試試吧！阿劉，你能拿主意嗎？」劉奕生搖搖頭：「我只管發行，用稿權在於李怡！不過——」頓了頓，蠱惑地一笑：「我可以提提意見！」看神情，似乎成竹在胸。王學文乘勢說：「那一切拜託你了，我們等聽好消息！」我忙站起，躬身致謝。劉奕生穩當：「不要太客氣，成功了才再說！」

一週後，消息傳來：李怡同意並謂最好翻譯兩本，稿費從優。天旱逢甘霖，我喜出望外，馬上跑到九龍金巴利道的智源書局，從放置日本推理小說木架上，左挑右揀，選定兩本松本作品：《喪失的禮儀》和《沒有果樹的森林》。電告劉奕生，他說：「OK，我立即通知李怡！」隔一天，給我電話，傳李怡言：想我寫一小段關於兩本書的簡介。這易辦，日本書封底都有內容介紹文字，我就搬字過紙，呈了上去。其時李怡是《七十年代》的總編輯，這是一本綜合形式的月刊，側重政治、文化、社會現象的報道，立場傾左，在香港同類雜誌中，地位僅次於《明報月刊》，我一向為

《明月》供稿，卻從未曾替《七十年代》做過文章，至今仍不明為何如此？

我寫了交去天地門市部。很快得劉奕生回覆：「李怡同意小說內容，請立即著手翻譯。」我花上一個半月時間，把兩本小說譯畢，交付劉奕生。又一個星期，劉奕生找我說：「李怡想跟你見見面。」於是相約在修頓球場對面的波士頓餐廳閣樓，我們三個人，三杯咖啡、一碟西多士（French toast）、兩片薄牛扒，邊吃邊談。李怡神清氣爽，風流倜儻，一派文士風。我第一眼看到他，便噢地嚷起來，把李怡嚇個半死，原來李怡跟他父親李化長得一模一樣，像是從同一個模子倒出來似的，看到他，就彷彿看到已逝去的李化，如何不驚？

七十年代初，恩師鍾伯偕我在灣仔龍門閣樓飲茶，座中有一中年漢子，英俊瀟灑，鍾伯介紹，說是大導演李化，化叔是粵語電影十大導演之一，峨嵋電影公司的老闆，這家電影公司以拍武俠電影名聞影圈，更是第一家將金庸、梁羽生的小說搬上銀幕。李化堪稱電影多面手，能編、能導、能製，拍了不少金庸、梁羽生原作改編的電影，計有《射鵰英雄傳》

一、二集、《神鵰俠侶》一、二、三、四集、《雪山飛狐》上、下集、《碧血劍》上、下集、《書劍恩仇錄》上、下集、《鴛鴦刀》上、下集、《白髮魔女傳》一、二、三集、《江湖三女俠》上、下集、《七劍下天山》……當年皆是膾炙人口的賣座電影。

我年少無知，直問化叔對梁羽生與金庸小說的看法。化叔想了想，道：「講故事情節，自然是金庸優勝，說到詩詞歌賦，老查就不如梁老了！」我年少嗓門大：「看小說，講情節喲，誰理會詩詞歌賦這玩意兒！」一旁的鍾伯嚇一跳，白我一眼，想加阻止，已來不及了。李化呵呵笑，說：「老鍾，可別怪他，葉仔說得對，小說最重情節，詩詞歌賦只是枝葉，『戥場』（陪襯、搭配）罷了！」拍拍我的肩膊：「在化叔面前要說真話啊！」

鏡頭回到波士頓餐廳，李怡喝了口咖啡，告我書已在排版，一個月後便可出版。（第一流的天地出版社也會出版小作呀！）我心花怒放。李怡又說：「沈先生，你的譯筆不錯，希望能多多合作！」匆匆別過。年關在即，賢妻苦著臉，巧婦難為無米炊唷！愚夫自得想辦法。求助於劉奕生，能否先付一本譯稿的稿費？阿劉答應跟李怡磋商一下。

難忘李怡的淺笑與稿費

過了幾天，劉奕生約我到波士頓閣樓，李怡早已在座，點了飲品後，從西裝內袋，取出一個白信封：「沈先生，這是兩本書的稿費，你點一點！」（沒聽錯吧，兩本書的稿費！）我伸出微微顫抖的手，接過厚厚的白信封：「謝謝，謝謝你，不用點了！」李怡淡淡一笑：「不謝，這是你應得的！」那淺淺的笑容，四十四年後的今天，我仍未忘記，怕是永遠忘不了！

（註：此文台灣《印刻》雜誌轉載）

靜靜聽靜婷

雨絲絲，傾訴淚的小雨；風柔柔，飄來千言萬語。歌聲裏，尋回昔日的自己，年輕的我，每夜窩在歌廳，聆聽：「我要你為明天歌唱　我帶著淚珠切切盼望　我去了　我去了　明天的花兒一樣香　明天的太陽一樣光　我要你為明天歌唱　我帶著淚珠切切盼望　分別了分別了　明天的美酒你獨嘗　明天的歌曲你獨唱　為了我們明天難相見　此恨綿綿問蒼天　把枕邊細語一句句記在心田　對明天陽光聲聲引吭向前　明天　明天　我們在夢中再相見………」每聽到《明日之歌》這首時代曲，總不期然想起方龍驤，方大哥病心，不敵死神，去世已十四年。六七年，電影《明日之歌》上映，喬莊、金漢、凌波領銜主演，故事不算曲折，演員演來，感情澎湃、絲絲入扣，滿院泣聲。看後，中夜緬懷初戀田夢，垂淚到天明。喬莊出演鼓手蔣松平，深陷毒海，不能自拔。凌波飾新晉歌星蘇玲，深愛之，惹來暗戀松平的歌女白露（沈依）妒恨，布下陷阱，引起誤會重重，有情人幾乎不能成眷屬⋯⋯滿足觀眾，電影以大團圓告終，是最大敗筆。電影最令人難以忘懷的是主題曲《明日之歌》，顧嘉輝曲、陶秦詞，那年代的電影，徇觀眾要求，必要配上主題曲，《明日之歌》既有曲、又有詞，誰來唱最好？自然落在首席歌后靜婷小姐肩上。導演陶秦沒找錯人，唱來夜鶯怨天，杜鵑悲啼，聽者心酸。《明日之歌》，原作者便是方龍驤，他輕藐地說「這屬酒後遊戲之作」，不意獲得空前成績。《環球出版社》社長羅斌生前告我：「小方為我寫了不少小說，最可讀的就是這本《明日之歌》。」奇怪的是方大哥並不看重《明日之歌》。我看過原著，羅斌沒打誑，的確寫得不錯，可我總以為結局倘能安排蔣松平中毒過深死去，蘇玲悲悒自責，情天長恨，愛海難填更好，惹來方大哥罵我小癟三，儂心裏，是悲情主義者。

許多人以為靜婷是上海人，吳儂細語地道，卻是四川妹子，郭姓父親當官，家境不俗，四九年來港，生活窘迫，十七歲，黃毛丫頭便開始遊走於港、九夜總會。自尊心強，不欲以真名示人，遂從母姓席，改名靜婷。靜婷不喜人叫她「席靜婷」，叫靜婷，則深得其心。歌藝出眾，獲邀作電影幕後代唱，先於于素秋的《黃花閨女》低唱《春玉娘》，復在丁瑩主演的《小野貓》裏，引吭高歌《搖船曲》，這時靜婷已薄有微名。五七年李翰祥拍攝《貂蟬》，相中靜婷，幕後代唱林黛。電影上映後，戲中黃梅調歌曲頗受歡迎，牡丹雖好仍需綠葉扶持，李翰祥的《貂蟬》拍得忒好，正是牡丹，靜婷的天籟歌聲，也就成了綠葉。五九年，李翰祥開拍《江山美人》，林黛、趙雷合演，戲中的《戲鳳》、《扮皇帝》，轟動一時，靜婷配江宏，絲絲入扣，天衣無縫，大街小巷，人人扮皇帝，人人想戲鳳，趙雷因而走紅，贏得「皇帝小生」雅號，而黃梅調更是紅上加紅。

黃梅戲本盛行於安徽安慶，是中國五大戲曲劇種之一，安徽話難聽，香港人聽不懂，照辦煮碗行不通，潮汕作曲家王（孝）純靈機一觸，略在旋律上稍加修飾，並以國語唱出，成了港版黃梅調。靜婷號稱歌后，跟姚莉一樣，從沒學過音樂，問她怎麼會唱得黃梅調這般的好？回道「唷，我根本不懂甚麼叫做黃梅調，王純先生彈給我聽，我就照唱，真想不到有這麼多人喜歡。」言下之意本是無心插柳柳成蔭。《江山美人》獲頒第六屆亞洲影展最佳電影，李翰祥從此專注拍攝古裝歌唱電影。六三年，一齣《梁山伯與祝英台》，不獨哄動香港影壇，熱潮更吹向台灣，樂蒂、凌波台灣登台，萬人空巷，影迷接踵而至，一票難求。《梁山伯與祝英台》捧紅了原為閩南語女星小娟，也間接讓樂蒂走向自殺之路（此是後話，暫且不提）。

六十代末、七十年代初，我曾泡於銅鑼灣畔的豪華樓，老闆之一的叢玉峰，為靜婷好友，因而靜婷只唱豪華樓一家。華燈初上，偶隨蕭思樓（過來人），鳳三等海派作家往豪華樓聽歌，過來人每見靜婷，必「大妹子，大妹子」一口的叫，我素知過老闆叫女歌星，不是表妹就是妹子，後來方知靜婷原名郭大妹（姝），過老闆眼花，誤姝為妹，也就一直大妹子的叫下去。二〇一七年，香港歌迷會在尖沙咀舉辦聯歡會，經靜婷誼子艾力君作介，得識靜婷，穠纖合度，自有傲氣、合照一幅，此即為我見到伊人的最後一面。《明日之歌》插曲不少，我最喜歡並非《明日之歌》。那到底喜歡哪一首呢。說出來吧，便是《寂寞》，顧嘉輝作的曲，詞則出自沈華（陶秦），寫得真好，你不妨好好聽聽——「自從你對我說再見　寂寞伴我到今天　要是你存心不回來臨走為甚麼留吻在唇邊　自從你對我說再會　寂寞跟我長相隨　要是你存心不回來　臨走為甚麼流下幾滴淚……」今夜我在靜靜地聽靜婷的《寂寞》（此曲江鷺曾唱過，不遜原唱），燕燕呀，請你無論如何在夢中告訴我：為甚麼？

「黃梅調歌后」靜婷

林黛四奪影后、三度自殺

台灣在紀念胡金銓，我也應應景，寫了文章追念胡大哥。文章發表後，又勾起一些零碎回憶，第一趟見到胡金銓，並非是在又一村出版社。且將遙遠的記憶拉近，原來早在六〇年夏天已初遇，奈何距離遠，未及招認。那是啥回事？別毛躁，且讓我仿吳鶯音那樣地《聽我細訴》吧！

那年夏天某日，二姊雪錡氣沖沖走到我面前，要拉我下樓去。幹啥？我正在看金庸的薄冊子《碧血劍》呀！要緊關頭，停不得。「關琦，要看明星嗎？」二姊興高采烈地說。我對明星，熱度遠不如二姊，貪圖她手上的奶油五香豆和咖哩牛肉乾，只好虛應一下故事。下了樓，金舫酒店門前早擠滿人，二姊拖著我，左穿右插、靈活如鼠，瞬間搶到前排。圍著圈兒的中央，有七、八個穿黑制服的酒店職員正在維持秩序。「別擠，別擠！

明星還沒來嘞！」「婆婆，小心小心，別摔倒！」職員指著一個老太太朗聲喊著。「二姊，我們看誰呀？」我狐疑地問？」「聽說林黛今天會來！」二姊不加思索地回答。甚麼？影后林黛？對呀，弟弟你愛看嗎？正想回答「不大愛看」，一眼看到二姐杏眼圓瞪，湧到嘴邊的説話，硬生生地給咽了下去。五香豆、咖喱牛肉乾的誘惑力，非同小可，豈能小覷！

過不了些時，人群忽起哄，小巷轉角處，駛來一輛黑色轎車，緩緩駛近酒店門前。眾人蜂擁而上，職員們手拉手圍在車前攔阻。「不要擠，不要擠到林黛小姐！」這話生效，影迷如奉綸音，乖乖住了腳步。冒犯影后金枝玉葉嬌軀，那可犯下天條呀，使不得。影迷心寵影后，急忙退後，騰出空間。車門打開，跨下一個胖胖矮矮的敦厚青年，滿臉大汗，快步轉身到轎車另一邊，伸手拉開車門，穿著黑套裙，拎住鑲鑽同色皮包，腳踏白色高跟鞋的林黛，笑盈盈地走下了車，高舉右手，向著面前的影迷打招呼。影迷歡喜若狂，高喊「林黛姊姊，你好！我們愛你，我們喜歡看你的電影！」林黛粲然一笑，剪水秋瞳，如星辰，似皓月，掃在影迷臉龐上，每個影迷心中都不禁叫起來：「噢！林黛姊姊看到我了，真的看到我了！」（那雙圓眼，真會説話！）我想起翁靈文伯伯兩年前（五八年）初來我家時，説過的一番話：「關琦，做明星，如果眼睛生得好，那就一定會紅！」林黛慢步走向酒店大門，矮個子青年緊躡背後。這個青年，就是來日大導演胡金銓！

林黛那天到來，是為拍攝電懋公司的《溫柔鄉》，導演易文（楊彥岐），出身名門，編劇、作詞家，後當上導演，《空中小姐》是他代表作，挑金舫酒店拍外景，是看中酒店二樓有一個室內游泳池，為全港所獨有。林黛穿泳裝，跳水台上，展美姿，玉環豐腴，貂蟬嬌媚，如此溫柔鄉，天下男兒哪個不愛躺？溫柔鄉是英雄塚，廢話！

林黛是四屆亞洲影后（《金蓮花》、《貂蟬》、《千嬌百媚》、《不了情》），人人都誇她的《江山美人》如何佻脱靈巧，《不了情》怎的哀怨感人，我獨喜電懋的《金蓮花》，製作不大，林黛演來細緻入微，牽動心靈，因而首奪亞洲影后。林黛多才多藝，能歌善舞，並不純靠外表取悦觀眾，美麗只是她其中一項殺人武器而已。林黛原名程月如，美人胚子卻有一個「和尚」的奇怪乳名，父親程思遠，桂系政客，長期跟隨李宗仁。四九年，隨母親蔣秀華南下香港，生活拮据，攝影名家宗惟賡偶為她拍了一輯照片，擺在店堂櫥窗，被星探相中，引進了左派長城電影公司的大門。

以林黛的先天條件，當大有機會出任主角，由於她的右派背景，一直未獲重用。五一年，本來有一部電影《巫山盟》原定由她擔綱演出，臨陣換上李麗華，林黛深受委屈，自殺抗議，幸為影星嚴俊所救。離開長城入永華，厄運連綿，新晉導演李翰祥為她度身打造的電影《龍女》拍不成，一時氣憤再度自殺，無巧不成話，又是嚴俊把她自枉死城救回來。嚴俊實是林黛的恩人，五二年，嚴俊開拍《翠翠》，故事改編自沈從文的《邊城》，大膽起用十八歲的林黛當女主角，純真笑容，天使臉蛋，一下子爆紅，從此扶搖直上，長期穿梭於電懋、邵氏之間，連奪四屆亞洲影后，風頭之盛，一時無兩。人說林黛代表作是《江山美人》和《不了情》，我不盡同意，我看《不了情》，純是愛聽顧媚姊的絕唱《不了情》。

俗云「事不過三」，確也。第三趟自殺，林黛終命赴黃泉。六四年七月十六日夜，林黛因辭退家中老傭群姐，跟夫龍繩勳拌嘴，繩勳憤而離家，林黛傷心之餘，反鎖房門再不出戶。翌日，林黛被發現吸煤氣、服安眠藥雙重自殺，一代美人，香消玉殞，留下遺書與丈夫——「我死了，你後悔不後悔？」歲月匆匆，林黛離世至今已六十年，龍繩勳有沒有後悔？我不知道，我知道的是影迷們都在後悔，每年林黛死忌，都有影迷捧上鮮花，湧至跑馬地天主教墳場林黛墓前，奉花哀悼。花謝花飛飛滿天，紅消香斷有誰憐？Linda姊，我憐妳！

四屆影后林黛

我的日本遊學生涯

說我往日本留學，實在抬舉了我，學而未成，從沒入過大學，美其名只能說是遊學，遊遊蕩蕩考進國際學友會日本語學校，學了一年半日本語。由於曠課日多，終期考試不是卒業，只能修業。二者是大有分別的，卒業是畢業，學校頒發文憑；修業是指完成了所讀課程，只能獲取一張證書，聊勝於無。母親不知就裏，給我瞞騙了過去。即使是修業，我是連一點起碼的遺憾都沒有，我去日本，為的是學懂日本話，洋涇濱也好，只求能跟日本人溝通，懂看一些報章、雜誌，已感快慰滿足。七四年自日本歸，就憑這些微末本事，做日本語翻譯，養妻活兒，生活困苦，精神上卻是頗為愉快的。女兒其時尚在襁褓，吃了奶一覺睡，妻也賢良淑德，幫我幹些雜事，沒半點兒埋怨，於是便能安下心來，替《明報》、《明報月刊》、

《明周》和《明晚》寫文章，乘閒為《天地》翻譯了兩本松本清張的推理小說。七五年後，到又一邨歐美出版社做事，跟戴天、克亮、翁靈文等前輩成了同事，期間更幸運地認識了胡金銓，應他所請，翻譯老舍記事〈老舍作品裏的事實與幽默〉（刊在處男文集《梅櫻集》中）。白頭宮女話玄宗，俱往矣，回憶是一場夢。

七二年深秋，枯草遍地，楓葉漫山，我離開香港到了東京。中國飯店經理岩本高伺親到羽田機場接我，胖胖的漢子，會說幾句廣東話，並不靈光，可在異地聽到家鄉話，心裏自有一絲暖意。在父親朋友香予世伯的家裏，住了兩日，就開始自由活動。身上懷著母親給我的兩萬日圓生活費，膽子頓壯，第一個目的就是銀座。香港人都知銀座其名，以為是繁華煙花之地，其實只是隸屬有樂町的一個小區。真正繁盛的是有樂町，名聞東南亞的《朝日新聞》正在有樂町車站一旁，古老莊嚴，純然明治風。區內，娛樂場所、戲院、百貨公司，滿滿都是。大型百貨公司有高島屋、三越、伊勢丹，香港銅鑼灣的大丸，怕跟它們挽鞋子的資格都沒有。

趣遊三越百貨

三越嘛，在香港時，早已耳聞大名，決定先到那裏探一探。入門就給寬敞無比的大堂唬住了，每層樓都裝有長長的自動電梯，梯端站有一位穿制服的妙齡女郎，禮儀周周，笑語盈盈，鞠躬作揖，嘰哩呱啦說個不停。我一句都不懂，不知她在說甚麼。鑑貌辨色，大抵是歡迎詞和介紹語吧！歡迎顧客光臨，隨之介紹哪層樓有甚麼貨色好賣。我先從低層看起，二樓是女裝部，一萬呎面積，布滿形形式式的衣物攤位。我逐一駐足而觀，所展都是最新款的時裝，有歐美的、也有本地的，日本人愛國，婦女們大多挑日本貨。走了好幾步，不期然留意到轉角攤位上的一位老太太，挑選的衣服，放滿櫃枱，粗看有十來件吧！我心想這老太太真闊氣，走近一瞧，嘿！左挑右揀，披沙淘金，最後只挑了襲五千日圓的便宜貨色遞給女售貨員。女售貨員奉若神明，滿臉感謝之情。哈哈，倘是在香港，售貨小姐大許會怒目而視，說出些冷語冷語吧！可那女售貨員依舊桃花春風面，不住鞠躬，口裏不停說著「阿厘阿鐸」。我看得呆住了，世界上哪會有這麼和藹殷勤的售貨小姐呢？

幾乎所有日本百貨公司地庫，都闢有食物部，林林總總的食物包好堆在攤子上，在當眼處放上瓷盤，鋪著食品，每個攤子都拉有橫額，寫著「歡迎光顧，隨意試食」字樣，我這個香港來客，滿腹狐疑，鐵柱一樣的佇在攤子前，不敢越矩。那年我方二十出頭，哪敢以身試法，乞討白食。須臾，見不少男女顧客列隊試食，才知道原來真是免費的，便不由自主地湊過去。女店員立刻用日語向我說了一大堆，我唯唯否否，指著碟子上的乾魷魚片，女店員識相地用叉子叉起，醮了沙律醬，遞到我嘴邊，一入口，脆而香，一點兒也沒有偷工減料。

女店員見我吃得香，嘴角綻笑，有如盛開的玫瑰，伸手用木筷子挾起一片刺身給我享用。我不嗜生冷，擺手推讓，女店員點點頭，又想送上乾魷魚片，人不能貪婪，太不好意思了，轉身離開，走到甜品攤子，依法炮製，指指點點，吃了草餅、羊羹，仍不能消弭嘴裏鮮美的乾魷魚片氣味，肚裏饞蟲鼓動，硬著臉皮，重新踅回原來的刺身攤子，女店員見是我，又送上乾魷魚片，我已成精，臉不紅，氣不喘，恬不知羞地一口咬著吞進肚裏，食相滑稽，逗得女店員咭咭嬌笑起來。嬌笑聲中，我快溜向隔鄰售飲品的攤子，咖啡、紅茶、可樂……任君選擇。吃飽肚子，還是喝一口熱咖啡吧！哪種感覺難以言傳。日本優惠，香港那時沒有。自此，我學乖了，每日蕩馬路，不忘溜進不同的百貨公司地庫試食，飽了肚子，省下鈔票。

書店舊書任君取閱

日本書店作興嘉惠愛書人，神田、神保町的書店，無論新、舊，店面當眼處，例擺有一個書攤，攤上舊書任君取閱。唷，便宜要貪！我在這裏拿下了永井荷風的《墨東綺譚》、松本清張的《某小倉日記傳》、谷崎潤一郎的《鍵》、芥川龍之介的《竹籔中》……不懂日文，不打緊，摩挲封面，看看插畫，心願已足。長年累月，順手牽羊，六蓆斗室盈滿書籍，賣棹歸港，攜帶不便，只好綑起數扎，統送日友。遊學生活點滴，可記者不少，容日後再談。

緬懷日本老鄰居

在銀座、新宿、澀谷浪了大半個月，學校開課。早上有微雨，偕同岩本先生跑到大久保的國際學友會報到，趷進小巷，徒步十分鐘左右，便到埗。一瞧，呆住：這就是馳名國際的日本語學校嗎？哪有丁點兒名校氣派？且看它的模樣兒吧！兩、三棟二層矮樓擠在一起，灰牆土瓦，沉沉鬱鬱。庭院裏，栽著幾棵客松，伸著椏枝直插灰灰天穹，隱約展示出不屈的姿態。趨近看，樓牆剝落，露出土磚。呀！橫看豎看，都不能稱作是名校啊！在來日飛機上，我閉上眼默想著將要進去學校的面目：校舍巍峨宏偉，庭園綠草如茵，多少沾上我深深愛慕的明治古風吧！可眼前的名校，跟想像的，相差忒遠了。

走進門，先到校務處登記，接待我倆是一個老女人，一口標準江戶日本語，聽不懂，要勞岩本先生一一轉述。入學手續迅速辦妥，老女人打量我一下：「葉桑，下週三你就可以來上課。」歡喜若狂，打下週三起，我就是名正言順的日本留學生了，我甚至愉快地想到將會能講日本語、看懂日本書。正自興奮之際，耳邊飄來岩本先生的傳言，有如一殼冷水照頭淋，把我從美夢中催醒過來。岩本先生跟老女人的對話，相隔五十年，仍然記憶猶深。

岩本：「週三入學太好了，請問寮（宿舍）準備好了嗎？」

老女人：「岩本先生，這正是我想要告訴你的，寮已滿員（滿）了，真的不好意思，對不起！」

岩本：「不是早準備好的了嗎，現在怎會沒有了？」

老女人：「時序出現了問題，葉桑申請的文件遲了些日子到我們這裏，收到時已過了兩天，只好把宿舍轉給台灣學生。」

岩本怒道：「這有點兒過分了吧！怎搞的，兩地文件郵遞上的誤差，你們是應該知道的！」

老女人毫不退讓：「我們學校一向照本子辦事，我只能說對不起，對不起！」

光說「對不起」，有個屁用！岩本急得跺腳。我不懂日語，察言辨色，多少看出端倪，我對岩本搖了搖手，示意我們回去。歸途上，不住向我說對不起，反弄得我不好意思起來。事已如此，只好自家想辦法。香予伯家裏人多不便住宿，只好另覓居停，那就得多花鈔票。香予伯代打電報去香港，母親僅回覆二字：「租吧。」於是託不動產代辦，岩本擔保，在世田谷區松原明大前車站附近租了一個地下六蓆小房，倒也雅緻潔淨，灰色木牆，赭紅門戶，紅灰雙映，整齊悅目。門前垂柳數株，迎風招展，人家屋簷掛有風鈴，微風拂過，盪起清脆聲響，滌人心胸。一看便合意，決定租下來，房租一萬五千不便宜，台灣同學在下北澤租得同樣一間六蓆小房，租金只八千，足足貴了差不多一倍，貪圖享受安逸活受罪。母親疼我，把每月生活費用調高至三萬，去了房租的一半，剩下萬五，東京物價高，入不敷支，只好勒緊肚子度日。

明治大學前車站一帶，喧鬧非常，滿是戲院、酒吧、超市、餐館，購物吃食方便。東京名聞世界，食物卻差，我這個香港學生吃不慣生冷東西，人人視為美味的壽司，我難吞嚥，惟有吃拉麵，浮游於湯面那兩三片瘦肉，纖弱得風也吹得起，咋吃？不吃麵，只好吃咖喱飯，甜甜的毫無辣味，用竹筷挑，翻江倒海，不易找到一兩塊肉，可幸有味噌湯，勉能進口，倒是伴在飯邊的蔬菜，蘸上沙律醬，清爽好吃。偶然奢侈一點，來一碟炸豬扒飯，已是食福無邊。日本的米飯黏黏糯糯，入口甜，卻易壞牙，因而日本人多有齒疾。

我自出娘胎兒以來，不曾獨居，凡事都有傭人代勞，來到東京，孑然一身，大少爺什麼都要自己做，洗衣成了我最頭痛的事。隔鄰田中太太有洗衣機，免費代洗，盛情至可忻感；對門的川崎大姊，隔三岔五送上一些草餅、蛋糕、便當給我裹腹；還有中村老婆婆，背脊微佝，步履蹣跚，每早必叩家門，叫著「葉桑，你元氣（好）嗎」？答曰「元氣」，就轉身離開。開門一看，嶙峋背影影漸漸消失眼中。當然忘不了我的日本誼母岡田壽子，老太太每個星期必招我家裏夕食（晚飯），知我不吃魚，代之以牛柳。牛柳在日本是貴價貨，一般人家都吃不起。九四年回香港後，我每吃牛柳，鼻子一酸，都會想起岡本媽媽。

七八年重回松原，舊居已租予一對青年夫婦，老婆婆歸長野故里，田中一家早亦他遷，岡本媽媽則於我離日三年後，一病不起。漫步至明大前車站，華燈初上，我常去光顧的阿菊小酒館門庭依然，金髮紅唇、有「明大前青江三奈」稱號、妖嬈的玲子媽媽生卻已不知去向。玲子，可還記得那個夜，簷前滴雨，風吹暖簾，我在店裏聽你唱著青江三奈的《國際線待合室》：「藍色燈光的飛機引行道，不知為何今日會感觸良深，相見是痛苦的，相見是痛苦的，明知道是這樣，仍然還是獨自前來，想見你一面……」此刻我欲守在引行道上見你一面，你會來嗎？

誰是日本推理小說鼻祖

一九七三年，秋陽照半天，一片通紅，旅途的愁緒，寂寞的心弦。在東京久我山一幢兩層和屋地下偏廳，正坐著兩位男人，其一白底藍點和服，嘴角叼著一根幼長日本煙桿；另一鵝黃樽領毛衣，外罩棕色燈芯絨外套，蓄著不長不短頭髮。晚秋客來酒當茶，兩人面前的木几上，置著數瓶清酒，輕輕地話語，柔柔地微笑。和服男人舉目向窗外一瞧，口中唸起俳句——「秋風颳起，紅葉落地，是楓樹的葉子嗎？」我不懂俳句，可喜歡得緊，尤其是小林一茶的「那個哭著要我帶走月亮的孩子」，至今還常掛在嘴邊。

穿和服者名中薗英助，是日本間諜小說第一人。那年秋天，我遊學東京，承竹內實教授之介，造訪中薗君，主要是詢問戰時他在北京八道灣晤見知堂老人的事。聊呀聊，歪向了推理小說的討論話題。推理小說日本堪稱大阿哥，連美國也要甘拜下風。縱然中薗君主打間諜小說，對推理小說也頗有認識，問我喜歡哪一位日本推理小說家？當然是松本清張，七二年夏天，在伊東半島養病時，便啃了不少松本先生的作品。「葉君，你喜歡他哪一部小說？《點與線》？」「《點與線》確是傑作，不過我偏嗜的是《影之車》。」中薗頗為吃驚，這真是出乎他意料外的回答，《影之車》寫一個中年男人對戀人的幼子心存恐懼，理由是小孩眼睛裏的反應複製了他童年時代的一樁私隱。

正待說出喜歡《影之車》的原因，中薗夫人推門進來，送上熱騰騰的叉燒拉麵。中薗笑道：「葉君，吃口麵暖暖肚子喲！」的確餓了，呼嚕呼嚕地吃了大半碗，又呷上兩口清酒，聽中薗再往下說：「你可知道日本推理小說的鼻祖是誰？」我一想：松本清張雖是推理大師，出道已在五十年代，絕不可能是鼻祖。這時中薗嘴角透出微笑，在敏感的我看來，那似乎是對我的輕蔑。（那可不行！）想了想，一口氣喝了一小杯清酒，酒精刺激的關係吧，忽地一個想法橫空冒起來：「我想——應該是明治時代的黑岩淚香吧！」

黑岩淚香的文言氣味

此言一出，中薗歎了好一陣子，拍腿道：「葉君呀，了不起，了不起哪！」那時候我認定了黑岩淚香。（人老而精，今仔細盤查，才發現日本推理小說的始祖竟是江戶時代的官能小說大家井原西鶴，他所寫的《本朝櫻比事》官府審案小說，取材自宋朝桂萬榮編的《棠陰比事》，乃日本偵探小說之濫觴。）中薗舉起酒瓶替我添酒，禁不住興奮，藏在心裏關於推理小說的資料，一下子傾囊吐出：黑岩淚香是明治時代的學者、文學家、推理小說家、翻譯家，他的推理小說我只看過一小部《悲慘》。放下酒杯，抹了一下嘴邊的酒滴，歎口氣：「可是中薗先生呀，黑岩的文字帶文言氣味，我實在看不太懂哩！」

「哈哈哈，那當然，黑岩老師的日文很多人都看不懂，你只唸了一年多的日語，能看一些，已不容易！」聽得這樣的誇我，骨頭頓時輕四兩，大口炎炎，滔滔不絕。中薗往下說：「我這裏有一本日本推理小說發展史，不知擱在哪兒了，不然送給你這個知音看！」於是中薗口述，我默記。按照中薗說法，推理小說是黑岩淚香、夢野久作和小酒井不木等人引進日本，初時僅作翻譯，黑岩淚香率先翻譯不少外國小說，其中最知名的便是《法庭美人》和《幽靈塔》。我對日本人的英語水平，向來不大放心，我的日語老師山本伊津雄，學問頂呱呱，一說英語就不靈光。中薗同意：「日本人的英語，自然不如來自香港的葉君，說是翻譯，倒不如說改編來得適合。」這時我才弄清楚黑岩淚香的翻譯是rewrite，近於中國的林琴南，稍有不同者是林琴南道聽途說，放筆作之；黑岩則依照原作改寫，盡可能切合原意。

黑岩淚香之後，有了大正的江戶川亂步、橫溝正史，開啟本格推理小說之道。昭和時期，出現了松本清張、森村誠一等社會推理派大家，從此社會推理派一統武林。八十年代後期，社會派的推理小說漸漸進入瓶頸，眼看不濟，途窮又見光彩，忽地冒出島田莊司這個大家，一部《占星術殺人事件》挽救了幾陷絕境的社會派推理小說，奇巧的橋段，優美的文筆，盡虜所有推理迷。九二年松本清張去世後，島田莊司順理成章成為新社會派推理小說大神，並培養出三個徒弟：綾辻行人、二階堂黎人、京極夏彥。三人中以綾辻最得島田眷顧。至於京極夏彥，九十年代末，我在銅鑼灣三越日本書籍部跟他打過交道，標榜鬼怪魑魅，風格近乎夢野久作，卻稍有不如，揭了一章，實在看不下去，只好讓它躺回書架上，等待它的伯樂。

香港偵探小說新浪潮

九十年代後，毋庸多言，自是東野圭吾的世界，《白夜行》、《嫌疑犯X的獻身》、《流星之絆》瘋魔了兩岸三地，我也算得上東野的讀者，卻非本本都看。可幸近年香港推理文壇，並不凋零，至少出現了譚劍、陳銘基等作家，後者更以《遺忘．刑警》奪得第二屆島田莊司推理小說獎，聲名大振。但這只是開始，成績還不足夠，祈願將來會有更多的推理、科幻小說作家湧現，不讓鄭炳南、倪匡等老作家專美於前，雛音尤勝老聲。

正調庵　黑岩淚香先生

早期改寫外國推理小說到日本的黑岩淚香

姚敏與服部良一的情誼

二〇〇四年我到了大阪，夜間盛力健兒會長（山口組盛力會）設宴招待，杯酒言歡，涉及日本歌謠，會長問：「沈桑，你最喜歡我們日本哪位作曲家、歌星？」哈哈，問得好！我知之頗詳。七二年秋遊學東京，長日寂寞無聊，夜間歌謠遣愁，最喜青江三奈、石田亞由美，興之所至，順口唱出青江三奈的《港町 blues》，一曲畢，友儕齊鼓掌，我則面紅耳赤，恨不得有鼠洞鑽。來而不往，非禮也，盛力唱了《何日君再來》，字正腔圓，遠超於我。我聽歌，心胸廣，眼兒細，歌者以外，尤其注意作曲、作詞者，最敬佩的兩位日本近代作曲家，便是日本吉他大師古賀政男和小調天王服部良一，日本歌謠得以流傳廣衍，兩君功勞不少，歌壇地位等同中國黎氏兄弟和台灣鄧雨賢。鄧雨賢更是古賀先生門下弟子，學藝東洋，閩南歌謠富有日本謠曲氣味。

盡訴衷情，盛力聽得高興，豎起大拇指：「沈桑，Subarashii（了不起），對敝國歌謠如此深刻地了解，佩服佩服！」盛力身邊的小野大樹問咱們：「日本名曲當中，你們最喜歡哪一首？」同行友人答以《愛你入骨》、也有說《蘋果花》。盛力和悅一笑：「美空雲雀是俺的大姊！」言畢，站起，向遠方天空深深一鞠躬，轉眼望向我：「沈桑，你呢？」即答以《蘇州夜曲》。

猶愛《蘇州夜曲》

盛力拍手召優子媽媽生進來，附耳說了幾句，優子領命而去。未幾，一男一女躬身走了進來，皆衣素色和服，男抱三味線，女握麥克風，歌唱《蘇州夜曲》，清清幽幽，柔柔綿綿，水鄉風光，活現眼前——「被你擁入懷中，聆聽夢中的搖船曲，鳥兒的歌唱，水鄉蘇州，花落春去……」聽著聽著，順口唱了起來——「惜相思長堤，細柳依依，落花順水流，流水長悠悠，明日飄何處問君還知否……」女伶看了我一眼，輕舒腳步，走到我身邊跪下，臉貼我腮，跟著合唱，陣陣幽香，鑽進鼻孔，久久不去。此歌歌詞為西條八十所寫，曲便出自服部良一之手。

歌罷，眾人齊鼓掌。盛力賞以厚幣，女伶連聲答謝。我稱讚她唱得高妙，直追李香蘭。伊蚊子般的聲音道：「不不不，客人先生，你太誇獎我了，相差實在太遠。」「OK，起碼不下於渡邊濱子！」「唷，你知道渡邊老師？」女伶有點驚訝。我答道：「這首《蘇州夜曲》，許多日本女歌星都唱過，你真的不比她們差！」女伶聽了，忸怩作態，眼角噙著淚：「先生，謝謝你的讚美，我真的從心底裏感謝你！」

《蘇州夜曲》是中日戰爭時期「滿映」拍攝的《支那之夜》中的插曲，伏水修導演，李香蘭、長谷川一夫合演，為了配合女主角李香蘭回蘇州悼念亡夫的情懷，特意恭請大詩人西條八十撰詞，名曲家服部良一譜曲，服部參考了無數江南小調，寫出這首曠世名曲。不同於一般歌謠，《蘇州夜曲》先詞後曲，嗣後姚敏亦常沿用此法。

服部良一於九三年去世，享壽八十五，他是中國、香港音樂界的老朋友，三八年曾以慰問團的身份來到中國上海，跟「歌仙」陳歌辛、中國時代曲創始人黎氏昆仲、新生俊彥姚敏時相過從，尤以跟姚敏最合，亦師亦友，相互點撥。

九五年冬，我跟姚敏的妹妹姚莉相聚於銅鑼灣富豪酒店中菜部，席上提到服部良一跟姚敏的友誼。姚莉姐説他們是好朋友，倒不如説成是亦師亦友的關係，服部良一可稱是哥哥的老師。姚敏無師自通，服部良一系出名門，乃指揮家梅特的高徒，受過正式音樂訓練，長於爵士音樂和地方小調，跟姚敏相逢，恍如前世相知，共同合作創作歌曲，姚敏放下身段，俯首聽教，兩人合作寫出了不少名震一時的名曲，葛蘭在《野玫瑰之戀》裏的插曲《説不出的快活》就是服部良一的傑作。服部良一曾經跟日本記者説過：「能跟姚敏合作，為《野玫瑰之戀》寫曲，是我人生中最快樂的時光，他是一個絕世天才，只要稍加疏導，便能寫出無與倫比的名曲。」切莫以為服部吹捧姚敏，日本人從不作興說門面話，說的全是肺腑之言。「阿哥說過我哪能跟服部相比，他太了不起了！」姚莉眼睛含淚追緬姚敏。

服部良一與香港之緣

服部良一對香港、上海情有獨鍾，曾以夏瑞齡藝名作曲，我最喜歡的就是那首《重相逢》——「重相逢，相逢猶如在夢中，其實不是夢……」對，你見到的夢，其實不是夢。一來香港、必約姚敏等友人相聚尖沙咀樂宮樓，喝酒聊天，逸興遄飛。二姊夏丹不喜服部良一，說他眼睛色迷迷盯著她看，我心裏笑：「二姊，你那時嫵媚動人，哪個男人不喜看你，別怪他了！」六七年，姚敏去世，服部痛不欲生，從此不再為香港電影公司作曲。《蘇州夜曲》作於四十年代，距今八十二年，今夜寒風颳起，冰冷如雪，水鄉蘇州可冷否？

音樂大師姚敏

昭和時代作曲家服部良一

我們都來談球王！

朋友毛毛傳一紙過來，列本世紀九大球王大名，巴西比利第一、阿根廷美斯第二、馬勒當拿第三、荷蘭告魯夫第四、繼而依序是賓斯馬、朗拿度、朗拿甸奴、C朗拿度、馬甸尼。（不對，不對！怎沒了施丹？）問我意見，英雄所見不同，各有看法，難以一統。既能入列，當是一流水準，巴西比利排名第一，我無異議，可美斯列在馬勒當拿之上，殊難認同。論球技高下，美斯稍見不如馬勒當拿，領軍能力自有區別，説到場上娛樂性之可觀，更是望塵莫及。序列第二，怕是近日奪得世界盃，多少帶有感情作用吧！並不公正，有商榷的餘地。若然美斯排第三，則尚可以。

其實即使論球技，美斯也不見得比朗拿甸奴好。竊以為當今世紀最佳前鋒只有三人，便是比利、馬勒當拿和朗拿甸奴。若然看過他們在球場上表現的朋友，當不會指罵沈大哥又在胡言亂語。比利場內球技佳，品格好，場外慈悲為懷，樂善好施，救危扶貧，這方面都優勝過壞孩子馬勒當拿，不過，咱們球迷看球，看的是球而非人。私生活若何，跟我們無關。朗拿甸奴也很頑皮，他踢球好作弄，蛇腰一扭，過了一關又一關，忽地把球停住，搖手叫敵衛來搶，待對手奔至伸腳搶截，好一個朗拿甸奴，一記閃身又輕易騙過，跟著伸舌、擠個鬼臉，氣壞給騙過的敵衛，卻又奈何他不得，只好恨得牙癢癢。綽號「細哨」的朗拿甸奴，論球壇地位，應當名列三甲，天可憐見，袞袞諸公實在太低估他了。

除細哨外，巴西還有大哨朗拿度，成名早於細哨，球技不壞，卻不學好，終於日落西沉，無影無蹤。朋友不大喜歡他，譏他只憑力大步雄，靠速度壓對手，倚射術破龍門，技術不及細哨精緻，酗酒胡鬧，暮年變成企鵝。近日翻看細哨比賽片段，無限神往，假身過人，後踭傳球，左右腳交叉盤扭，著著都在美斯之上，大抵也只有馬勒當拿可與之相比。馬勒當拿生前很看重他，稱之為超級前鋒，實非誑語，乃係識英雄者重英雄。美斯當然有技術，領導能力不似比利，細緻程度亦不如馬勒當拿和細哨，他的長處在於踢法大路，行為端正，以武俠小說論之，就是少林弟子；而馬勒當拿、細哨則是華山派的令狐沖，古怪精靈，不以常規踢球，悅目實用，卻不為正派所容。我素來是媽媽的頑皮兒子，喜歡他們自然有理。

名單上有告魯夫，荷蘭國腳，球技出眾，只是比不上上述數人而已。法國施丹的轉身過人，早被視為球壇妙技，香港球員也有效之者，只是運用非自如，有型而無實。法國賓斯馬嘛，早年平平，大器晚成，餘輝能燦爛多久，無人知道。

至於Ｃ朗，葡萄牙鬥牛勇士，年輕英俊，是萬千女球迷的偶像，有點像碧咸，同是萬人迷，球技卻比碧咸高一至兩個檔次，有個時期曾跟美斯並列當世球王，日子飛逝，星光漸淡，終給比了下去。名單上還有意大利後衛馬甸尼，稱為鐵衛，防守力強，非為鋒將，難稱球王。與其挑馬甸尼，毋寧取德國碧根鮑華，在我看來，他的球技遠在馬甸尼之上，且領軍有度，能攻擅守，實為德國國家隊的靈魂人物，後衛為能稱球王者，碧根鮑華應為第一人。再說遠一些吧，英國的馬菲士、匈牙利的潑斯卡斯、葡萄牙的尤西比奧也是球王。我們年輕，看不到他們場上的精采表演，因此剔出名單，有欠公允。

中國五大球王

外國的，多說了，中國，又如何。請看我細選，名單如下：李惠堂、姚卓然、黃志強、張子岱、胡國雄等五人。李惠堂，看過他踢球的人不多，影評家金炳興說看過，大喜過望，去訊請教，原來看的僅是元老隊，離題萬丈。可曾聽前輩嚴欣淇來我家說他的臥射球技，登峰造極。何謂臥射？今屆世界盃，法國麥巴比示範了。在法國對賽阿根廷時，所射的第二球便是典型臥射，身子稍向左側傾，右腳使勁怒射，球去如矢，砰然入網，技術精妙絕倫，跟李惠堂如出一轍。不說不知道，李惠堂曾被選為世界五大球王，跟潑斯卡斯並列，英國邀請他踢甲組，但他愛護中華，婉拒。

姚卓然綽號「香港之寶」，盤扭傳射俱佳，獨惜體能不足；黃志強隸南華，綽號「牛屎」，職司右翼，個子矮小，奔走如飛，踢法精靈，絕招是望左、走右，敵衛往往受其所騙。跟左翼「牛仔」莫振華合作，被稱為雙牛陣，串演雙翼齊飛，擋者披靡。「大頭仔」胡國雄技術高超，跟姚卓然相似，體力有限，每賽至七十五分鐘後，體力急跌，遂不敢應巴西高士路（克魯塞羅體育俱樂部）之邀。只有張子岱（阿香），體力充沛，左右腳並用，前輩球員葉尚華對我説過：「阿香左右腳只需輕輕一彈，不用著力，皮球就會從三十碼外傳到你跟前，這種絕技，當今無人能及。」故説香港球王，李惠堂為第一代，張子岱則屬第二代，誰是第三代球王？對不起，到目前為止，我還未看到過，你看到了，務必請告訴我！

剛剛過世的球王比利

跋

書成，必有跋，已為慣例。《夢迴香江》的跋，簡單不過，亟願香江夢多迴，美好的舊東西盡皆留在倒後鏡。夢裏會有，現實中怕難有。唉！

二三年　歲早暮

夢迴香江

作　　者：沈西城
責任編輯：黎漢傑
封面設計：多　馬
法律顧問：陳煦堂 律師

製　　作：初文出版社有限公司
出　　版：銀匯有限公司

印　　刷：陽光印刷製本廠

發　　行：香港聯合書刊物流有限公司
香港新界荃灣德士古道 220-248 號
荃灣工業中心 16 樓
電話 (852) 2150-2100 傳真 (852) 2407-3062

版　　次：2023 年 2 月初版
國際書號：978-988-78095-9-3
定　　價：港幣 128 元

Published and printed in Hong Kong

香港印刷及出版